Libretto

ANTOINETTE PESKÉ

LA BOÎTE EN OS

roman

libretto

ISBN : 978-2-36914-584-4

Née en 1904, Antoinette Peské, fille d'un peintre, composait déjà d'étonnants poèmes à l'âge de huit ans. Cette vocation précoce se cristallisera dans deux romans, *La Boîte en os* et *Ici le chemin se perd* (écrit en collaboration avec son mari Pierre Marty sous le nom de plume Peské-Marty), qui fédéreront autour d'eux les plus grandes admirations (Jean Cocteau, Pierre Mac Orlan, Félix Fénéon). Antoinette Peské est morte en 1985.

À la mémoire du Dr René Deron

CHAPITRE PREMIER

De passage à Londres cette année de 1893, prodigue pour moi en événements singuliers, j'attendais une personne de ma connaissance dans un club du West-End.

Mon journal ayant cessé de m'intéresser, je m'amusais à reconnaître la nationalité des occupants de la salle où je me trouvais, à leur façon d'être assis.

Il y avait naturellement surtout des Anglais, jouissant de leur fauteuil par toutes leurs parties y adhérant (existe-t-il au monde un peuple qui sache mieux s'asseoir confortablement?), un Français, comme sur une pelote d'aiguilles, des Américains trop sans-gêne, deux Allemands, gênés par leur corpulence.

À côté de moi était un homme que je n'avais pas regardé, mon regard et ma pensée s'étant heurtés à ses souliers.

Tout de suite, je m'étais dit: «Des chaussures aussi fantaisistes auraient fait la joie de Mac Corjeag, il prenait un tel plaisir à l'excentricité de ses pieds.»

Le souvenir de ce pauvre garçon, interné depuis une dizaine d'années, devait me peser sur la nuque: je restais stupidement courbé au-dessus des extrémités pédieuses de mon voisin...

John Mac Corjeag, ce sombre Écossais, je l'avais rencontré à Édimbourg, dans un collège où j'enseignais le français tout en préparant un examen de droit. J'avais été tout de suite séduit par la forte personnalité de cet élève de trois ans plus jeune que son professeur, l'originalité de ses idées, son réel talent de peintre, et, je dois l'avouer, par son visage extraordinaire de forme autant que d'expression.

J'allais souvent avec John à Goldloch, son village natal, perdu quelque part au pied du Ben-Y-Gloe, dans les Grampians, mais que lui et moi savions bien trouver au moment des vacances ; lui parce qu'un Highlander rêve de ses montagnes comme un Savoyard de ses Alpes, moi parce que je m'étais mis à aimer ce pays au point de regretter qu'il ne fût pas mien.

À vrai dire, j'ai éprouvé dans l'Écosse des Highlands ce que je n'ai éprouvé nulle part au cours de mes nombreux voyages à travers l'Europe. Ces monts, dont les sommets presque toujours perdus dans la brume font croire qu'ils touchent le ciel, ces lacs de plomb fondu, dont les eaux sont si profondes qu'elles semblent être les ouvertures de l'enfer, font subir tour à tour aux passions humaines des envolées et des descentes incroyables. L'Écosse du Nord est je crois, par excellence, le lieu du rêve, de la contemplation intérieure et de l'amour. Est-ce pour cette raison qu'elle est aussi le lieu du diable ? Vous souriez, mais je vous assure qu'en me penchant sur l'étang noir de Goldloch, j'ai vu, à plusieurs reprises, apparaître derrière moi l'envoyé des ténèbres. C'était peut-être l'effet du brouillard à travers lequel le soleil, lorsqu'il se montrait, avait un rire de fou, d'un arbre qui se dressait noir et menaçant sur une crête alors que ses frères étaient tous invisibles, du silence que traversait un oiseau au cri sinistre... Mais j'ai vu le diable là-bas, et il m'a séduit.

John et moi étions très libres entre son père, le Révérend Jérémie Mac Corjeag, clergyman rigoriste à outrance pour soi, qui ne voyait rien autour de lui, et sa mère, la pastoresse, dévorée de chasteté, qui se tenait à distance des mâles.

Il nous arrivait de marcher des journées entières par monts et par vaux, méditant ou bien discutant, controversant avec toute l'ardeur qu'on met à vingt ans dans les débats sur l'Art, la Philosophie, l'Amour.

Les parents de mon ami semblaient non seulement ignorer nos absences, mais notre présence aussi. À vrai dire, ils formaient un couple des plus étranges.

Le mari comme un gros arbre rongé par le dedans, avec une ramure rouge sang-de-bœuf, entourant un visage inexistant. L'épouse, à côté, comme un corbeau. Elle devait, disait-on, ses bandeaux noirs et sa taille menue à une lointaine ascendance espagnole, mais certainement pas cet air sombre et dur dont elle ne se départait pas.

Ni lui ni elle ne parlaient volontiers. Quand on essayait d'engager une conversation avec l'un d'eux, l'un vous montrait un passage de l'Évangile à retenir, l'autre vous répondait par des mots agressifs, faits pour décourager, et ne vous regardait jamais.

En observant le fils entre ses procréateurs, on pouvait croire que John était un enfant abandonné recueilli par le pasteur et sa femme, tant cela paraissait invraisemblable qu'il fût un produit de leur conception. Mais le doute ne subsistait plus pour qui avait vu le grand-père paternel avec le petit-fils. Cet esprit profond, où tour à tour plongeaient une tristesse désespérée et la plus gaie des gaietés, cette imagination surprenante et jusques à cette tête caricaturale, John les avait hérités de l'aïeul Alen Mac Corjeag.

Il avait grande allure ce vieillard avec sa barbe blanche aussi longue que son kilt, d'où sortaient des genoux nus et maigres, résistants comme l'acier et velus comme des pattes de chèvre des montagnes.

Veuf de bonne heure, il était parti pour les Indes et la Perse. Là-bas, il se donna à son métier d'archéologue et d'historien et fit d'importantes découvertes qui lui valurent les félicitations personnelles de son roi. Mais la vieillesse venue, il regagna ses hautes terres et reprit le costume de ses ancêtres. Il vivait maintenant seul avec son valet-cuisinier, aussi vieux que lui, dans un château construit dans le style jacobéen des environs de 1625, qui exprimait avec éclat l'esprit de la Renaissance. Ce château avait été légué à un de ses ancêtres par Jacques Ier.

Les passe-temps favoris de Sir Alen Mac Corjeag étaient la poésie (il composait des poèmes en les chantant) et la chasse aux daims (à condition de n'en tuer aucun, mais de passer des heures et des heures à grimper de roc en roc). La femme d'Alen, Katheleen, créature fragile, était morte en donnant le jour à un fils, Jérémie, auquel elle avait transmis un corps et une âme précaires.

Alen n'était pas précisément fier de sa progéniture, aussi s'était-il réjoui de trouver en son petit-fils un descendant digne des Mac Corjeag : robuste, intelligent, artiste. Quand John désira s'adonner aux Beaux-Arts, à la consternation de ses parents, il eut en son grand-père un défenseur énergique et obtint la permission désirée. À mon regret, il ne me fut pas donné de voir l'épanouissement de son talent : ayant épousé une Française, je ne quittais plus la France.

John vint deux ou trois fois à Paris, dans ma famille, puis nous correspondîmes. Mais les lettres du rêveur des Highlands étaient rares. Avec les années, elles cessèrent. Mac Corjeag m'informa cependant de son mariage d'une façon laconique qui blessa quelque peu mon amitié, et le hasard, deux ans plus tard, me fit part de son internement.

Cette nouvelle me bouleversa, comme vous pouvez l'imaginer, et je partis pour Londres immédiatement, dans le but de visiter mon ami, d'avoir de sa bouche des explications rassurantes. Je ne voulais pas croire qu'il fût véritablement devenu fou. Pendant le temps que dura le voyage, je repassais en mémoire certaines de nos conversations, les mots bizarres qu'il avait pu dire, les gestes qu'il avait pu faire – qui n'étaient peut-être pas ceux de tout le monde –, et tout de suite deux images de lui que je fus étonné de voir enregistrées par mon cerveau se présentèrent presque simultanément à mes yeux.

Je revis Mac Corjeag peignant un lac aux abords d'une forêt. Le soleil couchant, ce jour-là, laissait traîner sur l'eau d'autant plus sombre qu'elle languissait au pied d'une montagne un rayon d'une couleur indéfinissable qui, dans ce pays de brumes, semblait tenir de la magie. Ce rayon sur ce lac ne pouvait manquer de séduire mon John. Cependant, il n'arrivait pas à le saisir. Tantôt c'était sa fluidité qui lui échappait, tantôt ses nuances qui changeaient d'ailleurs d'une minute à l'autre et semblaient se jouer de lui. Il était tard et le rayon n'était plus, que Mac Corjeag s'acharnait encore à le poursuivre. Je ne cessais de l'exhorter à rentrer chez lui, en lui rappelant combien nous nous étions éloignés de la vicairie ; mais lui, rempli de fureur, me criait :

– Non, je reste, je le veux ! j'irai plutôt le chercher là...

Et il me désignait l'eau maintenant toute noire. J'avais déjà assisté à ses désespoirs d'artiste, pareils à des désespoirs d'amant déçu ou d'enfant gâté, mais je ne sais pourquoi je fus, ce jour-là, plus impressionné que de coutume par son obstination insensée, son regard absent comme si ses yeux s'étaient vidés et son attitude égarée. Je ne pus m'empêcher de lui dire que s'il ne se décidait pas à prendre un peu d'empire sur lui-même, il risquait de perdre la raison. Il se mit alors à rire, de son rire puissant qui ébranlait les collines et, ramassant ses pinceaux épars, il se décida à me suivre. Il était nuit.

Je revis également Mac Corjeag étendu dans la lande et se reposant près de moi. Dépliant un vieux journal, je lui annonçai incidemment qu'une femme que l'on avait toutes les raisons de croire folle avait à moitié dévoré le visage de sa sœur malade et impotente, à laquelle elle était tendrement unie. J'ajoutai :

– Crois-tu une chose pareille ! Le fait ne s'est jamais vu.

John ne répondit rien et je continuai ma lecture pour moi seul, quand, au bout d'un moment, il m'interrompit pour me dire :

– Je ne partage pas ton indignation, ce fait est tout simplement naturel. Y a-t-il moyen plus sûr de posséder ce qu'on aime que se l'assimiler : l'approprier à sa substance ? Je suis seulement étonné qu'il ne se produise pas plus souvent.

Je crus d'abord à quelque boutade paradoxale, mais, l'ayant regardé, je remarquai la fixité de sa pupille entourée d'une sorte d'eau trouble, comme laiteuse. Je n'avais vu une telle expression et des yeux semblables qu'à un chien enragé. Je repris néanmoins mon journal mais, loin de penser à ce que je lisais, je me demandais avec angoisse pourquoi mon ami avait ce regard, cette voix, et si quelque chose dans sa tête n'était pas dérangé. Mais cette fois encore il me rassura quand je le vis quelques minutes plus tard, assis devant sa toile, l'œil redevenu clair, le geste calme, reprendre un motif inachevé. Je me trouvai même stupide d'avoir fait des suppositions exagérées.

Je regardais mélancoliquement repasser ces

images, sans vouloir faire de déductions, quand j'arrivai à Londres.

M'étant fait conduire à la maison de santé, je fus immédiatement introduit dans la chambre obscure où Mac Corjeag était enfermé «à cause de ses yeux», m'expliqua-t-on.

Il se tenait debout, adossé au mur quand j'entrai. C'est un des moments de la vie qu'on n'oublie pas. Sans réfléchir à ce que je faisais, je m'élançai vers lui pour l'étreindre. Mais, soudain, sans qu'il eût fait un geste ou dit un mot, je reculai comme violemment repoussé. Je le vis alors tel qu'il était avec ses yeux ouverts qui ne regardaient pas, bien que des flammes les traversassent, semblables à des feux follets, ses oreilles ouvertes qui n'entendaient pas… sa bouche ouverte qui ne produisait aucun son… sa main ouverte qui ne prenait pas!

Je quittai Mac Corjeag comme on quitte un mort.

Fou… il était devenu fou et aveugle! Il ne voyait plus au-dedans de lui ni au-dehors… Il était bien comme un cadavre, mais c'était un cadavre dont le cœur battait!

Le bruit courait à Londres que l'on se trouvait en face d'un drame de la jalousie et que la coupable, Mrs Mac Corjeag, prise de remords, avait secrètement quitté l'Angleterre. Mais je ne sais pourquoi cette hypothèse, bonne à satisfaire le public affamé d'histoires troubles, sanglantes et mortelles, ne me satisfit qu'à moitié. Pendant des années je me répétai la même question : « Pourquoi cela lui est-il arrivé ? »

J'en étais là de mes pensers quand le soulier de mon voisin bougea. J'eus presque peur et j'élevai rapidement mon regard vers le visage de l'étranger assis près de moi…

Il avait des yeux lugubrement intelligents, fixés comme deux boules de jais dans leurs orbites profondes, un immense front bosselé comme un vieux chapeau melon, des cheveux de nègre malade et quarante ans environ sur des épaules qui les supportaient sans effort apparent.

Je ne pus regarder cet homme davantage : ses yeux noirs brillaient et j'étais attiré par la flamme qui tremblait dans leur enfer. Où avais-je vu des yeux semblables et que me voulaient-ils ? Où voulaient-ils m'entraîner... vers quel brasier, vers quel gouffre ?...

Je ne sais comment cela se produisit : du même bond, mon voisin et moi fûmes debout, l'un devant l'autre. Et soudain, défaillant de joie et d'épouvante, je criai :

– John !

– Lui-même... répondit tout bas Mac Corjeag en me soutenant.

J'eus alors honte de ma faiblesse et je retrouvai mes esprits :

– Figure-toi que j'étais en train de penser à toi, John. Tu ne m'as donc pas reconnu, que tu ne m'as pas frappé sur l'épaule ?

– Je t'ai reconnu dès ton entrée ici, Norbert, seulement tu comprends... – il paraissait très embarrassé : je voulais que tu me retrouves de toi-même... que tu n'aies pas peur de moi... d'un...

Cette dernière phrase me fut aussi pénible à entendre qu'elle lui fut sans doute pénible à prononcer. Je m'empressai de l'arrêter.

– Ne t'amuse pas à faire l'idiot, John, tu es aussi sain que moi.

– Ah ! tu sais... dit-il, la voix devenue rauque, tu as appris mon aventure, ma grande aventure, d'où je suis revenu... mort pour le monde !

– J'ai appris que tu as été très souffrant.

– Je te remercie de ta délicatesse, mais je n'ai pas été souffrant. Les fous ne sont pas comme les neurasthéniques : ils ne sentent absolument rien, ils ignorent même leur existence corporelle. J'ai été fou.

(Je savais qu'il n'en était pas ainsi pour tous les fous, que beaucoup d'entre eux sentaient et souffraient, mais je me gardai de le lui dire.)

– Qu'importe, puisque tu es guéri.

– *Je suis guéri*, répéta lentement John, son menton carré tendu, comme s'il s'appuyait sur chacun des mots, chacune des syllabes que sa bouche émettait.

À la manière dont il me fit cette affirmation, je me doutai que ces trois mots, il avait dû mettre longtemps à les comprendre et souvent les répéter. Il vit mon air pensif et supputa mes craintes.

– À quoi penses-tu, Norbert ? Tu te demandes peut-être comment la démence m'a surpris… Veux-tu le savoir ?… Le veux-tu vraiment ?

(Je fis de la tête un signe affirmatif.)

– Alors allons dîner et tu écouteras ensuite le récit que je ferai au dernier Jugement, si Dieu en exige un de moi afin d'éprouver ma sincérité. Mais pour toi qui n'es ni omniprésent ni omniscient, j'ajouterai ce que nous appellerons, si tu veux, un avant-propos concernant mon enfance et la partie de ma jeunesse qui t'est inconnue.

Un peu plus tard, m'entraînant hors du club, dans des rues à peu près désertes, il commença :

CHAPITRE II

Autant que je peux m'en rapporter à ma mémoire, je n'ai jamais rien trouvé naturel.

Tant que j'étais un enfant, à proprement parler, il n'y avait pas lieu de s'en étonner, et mes parents, s'ils n'eurent pas à leur disposition le livre des *Dix mille réponses des parents aux enfants*, récemment édité à Londres, satisfirent de leur mieux à mes questions saugrenues. Cependant, malgré leurs explications et celles qui me furent données plus tard, au cours de mes années d'études et d'expériences, ma curiosité est toujours restée aussi peu satisfaite et cela non plus n'est pas étonnant. Bien des hommes sont dans mon cas, seulement, les uns ne questionnent plus par nonchalance, les autres par peur de savoir, quelques-uns parce qu'ils veulent avoir compris, d'autres enfin parce que, pour vivre, point ne leur est besoin de comprendre, tandis que j'agis comme un enfant.

Il m'est difficile, à l'heure actuelle encore, d'admettre par exemple que les êtres puissent s'endormir et... se réveiller, qu'un rat ou un simple ver tué par moi d'un coup de pied ne puisse être recréé par moi « fait à l'image ct à la ressemblance de Dieu », que chaque plante ait sa couleur et son parfum, chaque homme et chaque animal son regard ! Et je ne parle pas du mystère des liens de l'esprit et de la chair, des mouvements de l'âme et du cœur... Mais les yeux, les yeux surtout, m'ont toujours fortement intrigué et m'intrigueront toujours. Si la voix des êtres aimés peut émouvoir, non pas tant par ce qu'elle exprime que par ce qu'elle laisse après elle, le regard, parole venue directement des profondeurs de notre âme et qui, sans l'aide de mots, traduit pour nous l'inexprimable, peut émouvoir combien plus !

Les yeux... Je ne me lasserai jamais d'attendre derrière ces portes de notre subconscient qui font croire qu'à travers leurs vitres coloriées elles montrent quelque chose, et qui lorsqu'on les force s'ouvrent sur le néant ! D'attendre quoi ? Mais d'attendre tout simplement, car celui qui n'attend plus n'a qu'à mourir.

Ah ! savoir un jour ce que l'on voit dans des yeux et pouvoir définir un regard ! Mais ces puits jumeaux du doute révéleront-ils jamais le secret cent fois millénaire de leurs noirceurs et de leurs clartés ?...

Enfant, j'étais particulièrement troublé par les yeux des autres enfants et je ne sais comment j'ai pu résister à l'envie de crever les prunelles de ceux que j'aimais. Ces petits ronds contenant l'infini m'attiraient et me repoussaient à la fois. C'est que les yeux des enfants sont faits d'eau et de ciel, et l'eau et le ciel donnent le vertige. Seuls les vieillards ont parfois des yeux semblables, mais il y a en eux un je ne sais quoi de rassurant, qui n'existe pas dans les yeux des enfants.

À dix ans, j'avais une petite compagne de deux ans plus âgée que moi : Margaret O'Don, fille d'un médecin originaire de l'île de Man et d'une

Anglaise de Londres. Elle tenait de son père une nature passionnée, despotique et douce en même temps, et les plus étranges yeux verts que tu pourras imaginer. Ces yeux, elle les fixait souvent sur les miens. C'est tout ce que je t'en dirai pour le moment.

Margaret O'Don et moi étions, sans nous en douter et bien que nous fussions très différents l'un de l'autre à certains égards, une paire d'amis. Cette fillette avait ceci de commun avec moi qu'elle sentait tout fortement et que rien ne lui était indifférent. Elle était d'avis, comme moi, que ce qu'on détestait, il fallait non pas l'éloigner de soi par le geste ou la pensée, mais le supprimer radicalement, et ce qu'on aimait, afin d'être sûr de n'en pas être séparé, mieux valait le dévorer plutôt qu'essayer de l'étreindre dans ses bras ou dans sa main. Cependant, elle ne déplorait pas comme moi de ne pouvoir dévorer sa mère, et si je l'ai vue mâcher entièrement, jusqu'à le réduire en bouillie, un jouet qu'elle chérissait et qu'on avait voulu lui reprendre en manière de pénitence, elle n'a, à ma connaissance, jamais été corrigée pour avoir volontairement mordu quelqu'un en l'embrassant.

Margaret possédait une qualité qui m'a toujours manqué : elle avait le sens de la mesure jusque dans ses passions (car, je le répète, Margaret était passionnée), et une maîtrise de soi rare chez une enfant de son âge. C'étaient là deux dons de sa mère. Ma jeune amie ne faisait jamais que ce qu'elle voulait parfaitement. Son âme était aussi plus saine que la mienne, ce qui l'empêchait de me suivre dans les dédales obscurs de mes pensées et de connaître le goût véritable de ma souffrance. Lorsqu'il m'arrivait de lui conter ce qui me faisait mal ou peur – et que je n'aurais, pour rien au monde, confié à un garçon –, elle m'écoutait d'abord sérieuse, c'est-à-dire la tête entre ses genoux écartés et regardant le fond de sa culotte, puis elle se levait en riant et s'éloignait, haussant ses épaules pointues. Ses façons d'agir n'étaient pas dictées par l'impatience ou la méchanceté, comme on pourrait le supposer, mais plutôt par une répulsion innée pour tout ce qui était trouble ou ténébreux et risquait de faire perdre le contrôle de soi. C'est parce que malgré ma jeunesse je sentais cela confusément, que je n'en prenais pas ombrage. J'entends encore, après trente ans, l'éclat de son rire, sec comme une cassure de verre, quand je lui déclarai ne plus vouloir passer devant les deux ormes de son jardin, qui devaient certainement souffrir de la façon la plus atroce de ne pouvoir briser leurs racines pour se précipiter l'un dans l'autre et s'embrasser jusqu'à s'étouffer. Margaret était pourtant loin d'être insensible à la vie secrète des arbres, des fleurs et de toutes les choses de la nature. Mais elle regardait, admirait et rêvait sans faire beaucoup de comparaisons, de transpositions encore moins. Elle laissait ce qui appartenait au monde végétal dans le domaine du végétal, ce qui appartenait au monde animal dans le domaine de l'animal et ainsi de suite, tandis que j'éprouvais constamment le besoin de changer l'ordre des choses, de renverser, d'opposer, d'ajouter et de supprimer tour à tour. Nous passions de longues heures à contempler un lac, une plante, un coin de ciel. Tel était le jeu préféré de deux êtres impétueux, débordant de vie et de brutalité. Nous ne nous disputions jamais, et nos gouvernantes nous laissaient souvent seuls, soit dehors, soit dans la nursery de mes parents, transformée en salle d'études. Elles disaient de nous que si nous nous entendions aussi bien, c'est que nous étions deux petits démons – ce qui nous flattait plutôt, je pense.

La stupeur et l'effroi de ces deux femmes furent donc grands quand, un après-midi, des cris de douleur poussés par Margaret retentirent dans la salle où nous apprenions nos leçons et bien au-delà. Ma petite compagne se roulait sur le plancher en hurlant, les mains sur le visage, et moi, hagard, les dents serrées, j'enjambais le rebord de la fenêtre grande ouverte et je sautais du premier étage dans le jardin, me fracassant l'épaule, mais souffrant moins de ma douleur physique que d'entendre ma mère gémir là-haut dans la nursery :

– Comment cet effroyable accident a-t-il pu arriver, John aimait tant sa petite amie ! Il n'aura pas voulu…

Maintenant je parlerai des yeux de Margaret. Je t'ai dit qu'ils étaient verts. Tout à fait curieux en réalité. À l'état de calme : vert Véronèse, oui, de cette extraordinaire couleur qui était d'ailleurs leur couleur habituelle. Le blanc était vert également, et la pupille si minuscule que sa tache noire ne s'apercevait presque pas. Il n'y avait rien qu'une étendue verte, de ce vert que je n'ai pas rencontré dans d'autres yeux. Mais les yeux de cette fillette pouvaient être encore, selon le degré de son agitation, comme l'opale ou comme l'émeraude. Je les ai vus aussi franchement bleus, deux ou trois fois seulement, alors qu'elle portait une magnifique robe azur, avec laquelle elle faillit accidentellement être brûlée vive, et qu'elle ne voulut plus remettre pour cette raison.

Je t'ai dit également que Margaret fixait souvent ses yeux sur les miens. Exprimer ce que je ressentais à ces moments m'est impossible. J'éprouvais la sensation d'être en déséquilibre et en grand danger ; c'est tout.

Les yeux que l'on appelle humains – encore que

ce mot soit vide de sens – ne se trouvent généralement que chez les bêtes. Toutefois, il est rare que nous soyons totalement dépourvus de ce rien et de ce tout qui fait l'expression. Les yeux de Margaret, pourtant, n'étaient ni humains ni félins, ils étaient d'eau. Ni leur couleur ni leur regard (si l'on peut donner le nom de regard à un éclat ou un rayon) ne leur semblaient propres. Ils devaient les emprunter aux choses qui s'y reflétaient, comme la mer emprunte sa couleur au ciel et son éclat au soleil.

Ces yeux, quand Margaret se taisait, pouvaient être supportables. J'avais alors l'impression de regarder de l'eau dans des cuvettes de marbre. Mais quand mon amie faisait entendre sa voix si douce, que son visage se mouvait, que les petites veines de ses tempes se gonflaient d'un sang que je devinais bien rouge, bien tiède… (ah ! s'il avait pu couler sur ma main) et que son haleine sentant le chien nouveau-né et l'aubépine me dilataient les narines, voir immobiles devant moi ces flaques vertes où je cherchais désespérément ce que, malgré tout, j'espérais y découvrir, constituait pour moi une épreuve qui dépassait de beaucoup mes forces. Plus Margaret me montrait d'affection, plus ses yeux paraissaient vides, et, si paradoxal que cela puisse être, compliqués ! Et à mes oreilles sonnaient faux les mots si simples et sans doute vrais qu'elle me disait.

Or, un après-midi de novembre, ayant sorti mon visage du livre dans lequel je l'avais enfoui pour apprendre ma leçon, mes yeux rencontrèrent, naturellement, diras-tu, les yeux de ma compagne assise en face de moi. Mais à moi cela ne parut pas naturel. M'armant d'un courage que je puisai Dieu sait où, je me glissai près de Margaret et, lui posant la main sur le bras, lui murmurai :

– Laissez-moi vous faire quelque chose.

– Soit, fit-elle, sans se montrer troublée.

Je pris sa tête dans mes mains, la mis sur mes genoux, et moi, qui n'avais jamais pu soutenir son regard plus de trois à quatre minutes, je lui ordonnai de me regarder longuement.

– Longuement, Margaret, et, pour une fois, une toute petite fois, dites-moi vrai avec vos yeux…

– Mais je ne vous mens pas, répondit-elle d'une

voix mal assurée, où entrait peut-être de l'étonnement, peut-être de la crainte.

Et elle rit, vraisemblablement pour se donner une contenance. À ce moment, une lueur très brillante – qui me parut surnaturelle – passa en biais d'un coin de l'œil à l'autre, repassa et disparut. J'étais maintenant au-dessus d'un gouffre d'eau glauque, je sentais que j'allais tomber dedans infailliblement, alors, poussant un cri, je reculai, saisis un encrier qui se trouvait là et en vidai le contenu sur le beau visage de mon amie. Tu connais la suite et ma hâte d'échapper à l'atmosphère d'horreur que j'avais créée. J'eus cependant le temps de voir qu'un des yeux de Margaret était resté vert…

Mon premier sentiment, lorsque je revins à moi, ne fut pas, je l'avoue, un sentiment de regret, mais de peur. J'eus peur de la force invisible qui m'avait fait agir de la sorte. Il me semblait voir dans mes yeux une expression diabolique, et pendant longtemps je n'osai plus me regarder dans un miroir. Je me considérais comme hanté par le Malin, et je me frappais la tête à coups de poing, voulant en expulser l'hôte indésirable qui, je le savais, à la première occasion, me ferait recommencer...

Mais le regret, pour s'être fait attendre, n'en fut plus que cruel. C'était un regret attaché comme une ventouse à mon cœur – qui me suçait le sang et me rendait plus pâle chaque jour. Lorsque je fus en état d'être conduit chez Margaret pour lui faire des excuses, je m'évanouis avant même de l'avoir vue. On me transporta dans sa chambre, on m'étendit sur son petit lit couvert de satin rose, et on m'y laissa seul. À un certain moment, quelqu'un ouvrit la porte de la chambrette avec d'infinies précautions, s'avança sur la pointe des pieds, mit un baiser furtif sur ma joue mouillée de pleurs et ressortit. Peut-être était-ce Elle... Peut-être n'était-ce pas... C'est si doux, ces choses que l'on garde dans l'incertitude ! La nuit venue, ma gouvernante m'apporta quelques sandwiches et une tasse de coco de la part de Mrs O'Don, puis elle me reconduisit au *vicarage*. Je me gardai de la questionner : le secret que j'emportais était si beau que peu m'importait la réalité.

Quant à l'attitude de mes parents, elle fut la suivante : mon père, en cette circonstance comme à chacun de mes péchés, ouvrit la Bible et y trouva immédiatement le verset approprié à mon cas (mais dont le sens m'échappait à travers tant de paraboles). Il me le lut d'une voix sourde qu'il s'efforçait en vain de rendre pathétique ; puis il essuya ses yeux toujours atteints de conjonctivite, que le moindre effort remplissait d'une sorte de colle qui les aveuglait, et s'en alla, satisfait d'avoir arraché l'ivraie et semé le bon grain.

Ma mère, elle, vint s'asseoir à côté de mon lit et me prendre la main, pour me demander tout bas :

– Pourquoi avez-vous fait une chose pareille, Johnie ?... En vérité, je ne comprends pas, non, je ne comprends pas !

– Parce que j'avais peur de me noyer.

– De vous noyer ?

– Oui, de me noyer dans ses yeux.

– Que dites-vous ?...

Je dus répéter. Alors ma mère lâcha ma main et s'écria :

– Seigneur !

Elle aussi dardait son œil sur le mien. C'était un gros œil noir, rond et brillant comme une boule vernie, et je pensai que désormais Margaret aurait un œil tout noir et un œil tout vert, et que sans doute on serait obligé de noircir l'autre pour le rendre pareil. Margaret aux yeux noirs… Comme elle serait drôle à regarder ! Peut-être aurais-je peur…

Maman ne disait toujours rien, et son œil était maintenant tout blanc parce qu'elle le tournait au plafond.

– Seigneur !

Qu'allait-elle dire qu'elle préparait depuis si longtemps ? Je m'attendais à tout, sauf à ce qui suit :

– Johnie ! vous allez donc *lui* ressembler et vous détourner de ceux qui vous aiment et les faire souffrir ?…

– Père se détourne-t-il de vous, mère, et vous rend-il malheureuse ?

– Qui vous a dit ?… balbutia-t-elle, visiblement affolée, qui vous a dit ?

La pauvre femme se leva en gémissant, le dos

voûté et les deux mains sur sa poitrine, comme si je l'avais blessée là.

– Mère, ne craignez pas de me montrer la peine que vous cachez dans votre sein, pour que je puisse essayer de l'adoucir…

– Stupidités, stupidités, soufflait-elle haletante, d'une voix qui voulait dire autre chose, mais ne pouvait rien dire d'autre.

Et, gagnant le loquet de la porte, elle le tira et s'enfuit.

Norbert, cet épisode est un des plus douloureux de ma vie. Je venais de perdre Margaret : nul doute qu'elle ne viendrait plus me retrouver, et c'est ce qui arriva. La fatalité s'en mêla d'ailleurs : Peter O'Don tomba de sa carriole un jour que son cheval s'était emballé et il succomba aux suites d'une fracture du crâne. Mrs O'Don, après la mort de son mari, quitta le pays avec Margaret. Je perdais maintenant ma mère : nul doute également qu'elle m'éviterait désormais – et c'est ce qui arriva aussi.

J'étais seul. Seul avec une tristesse si pesante que souvent j'allais, tirant la langue, comme si je traînais réellement un fardeau.

Nul ne s'étonnera donc si ma soif d'amour, d'intimité et de tristesse (n'est-ce pas une façon de s'alléger de sa douleur que de plonger volontairement dans ses profondeurs ?) me conduisit à la tombe de Peter O'Don. Lui, auquel je n'avais prêté que bien peu d'attention durant sa vie, m'était devenu cher au point que j'allais le visiter chaque jour depuis qu'il était mort. Je m'approchais de lui rougissant, épiant les bruits, comme s'il s'était agi d'un rendez-vous galant. Je restais longtemps agenouillé sur la dalle grise et je rêvais.

Peter O'Don était le père de Margaret…

Il avait des yeux tout pareils aux siens, des cheveux châtain doré comme les siens, et sans doute que son âme était aussi semblable à la sienne. Cette âme, pendant mon recueillement, m'entourait de quelque chose d'infiniment doux qui m'invitait à l'abandon. Comme elle était près, cette âme ! Il me semblait sentir sa chaleur…

Ah ! je regrettais bien que Margaret ne fût pas morte à la place de Peter O'Don. Elle eût ainsi existé davantage pour moi. Tout ce que je n'avais pas osé ou su lui exprimer, j'aurais alors pu le lui dire librement. Les morts ne font pas rougir comme les vivants... Son père et moi nous nous serions rencontrés sur sa tombe, je lui aurais avoué que j'aimais sa fille, et nous aurions parlé d'elle ensemble. Mais Margaret vivait quelque part sur terre, perdue à jamais pour moi, et elle m'avait laissé aimer Peter O'Don, qui était elle aussi et fait de la même chair...

Ce que mon être contenait de rêves et de sensualités secrètes, je l'apportais donc au pauvre mort – avec des murmures dont je ne me souviens plus, quelquefois des larmes, et un jour un baiser !

Ceci dura jusqu'à ce que l'on m'expédiât à Édimbourg pour y poursuivre mes études. Quand je revins pour les vacances, ma passion pour le mort s'était assagie en même temps que j'avais à peu près cessé de penser à Margaret O'Don, mais j'allais tout de même déposer quelques fleurettes sur sa tombe, et je fis ainsi à chacun de mes séjours à Goldloch. Je ne serais jamais retourné à Édimbourg sans avoir accompli ce rite.

Tu te demandes, Norbert, d'où me venait ce goût précoce et maladif du mystère et du malheur... Mais de ma mère !

J'étais le contraire d'un enfant délicat, et loin d'avoir été malade, je n'ai dû ressentir au cours de mon existence que des fatigues bien insignifiantes, pour ne pas me les rappeler. Non, j'ai toujours été triste, et si j'accuse sans l'accuser ma chère maman, c'est que je me suis rendu compte bien des fois que mes chagrins naissaient ou s'agrandissaient en sa présence.

J'avais trois ans à peine. J'étais sur les genoux de ma mère, tout contre sa poitrine. Je voyais son sein se soulever lentement et s'abaisser d'un mouvement si brusque que je devinais à cet endroit une souffrance cruelle, souffrance qui m'enveloppait de mélancolie et, peu à peu, semblait m'appartenir à moi aussi. Cette souffrance en commun, je dus la pressentir, sinon l'éprouver, bien avant cette époque. Tu verras pourquoi je dis cela.

Le hasard me fit un jour surprendre le dialogue suivant entre la nouvelle cuisinière et celle qui nous quittait. J'avais alors huit ans exactement :

– Nul doute que cet enfant soit très nerveux, et comment voudriez-vous qu'il en fût autrement ? Sa mère, lorsqu'elle le portait, s'est jetée trois fois dans l'étang noir de Goldloch.

– Vraiment ?

– C'est l'exacte vérité.

– Et elle ne s'est pas noyée ?

– Vous pensez bien que l'étang ne voulait pas d'une mère. Trois fois on l'a sauvée.

– Très excitant, ce que vous me contez là, miss Ross. Et a-t-on su pourquoi elle a voulu se tuer ? Il y a certainement une raison.

– Nul ne sait. On suppose que Madame ne s'accordait pas avec le vicaire, mais on n'a jamais rien entendu.

– Et maintenant, s'accordent-ils ?

– Nul ne sait, on n'entend jamais rien.

– Oh ! combien excitant…

Ma curiosité fut, comme on peut le croire, mise à vif par ces deux femmes. Toutefois, je ne dis rien à ma mère. Mon instinct me l'interdisait. Mais combien de fois ne suis-je pas retourné à l'étang noir avec Margaret, qui était dans le secret mais ne voulait pas chercher des raisons qui font peur. Elle disait indifféremment :

– Votre mère a dû glisser par mégarde – ou bien : Votre mère a dû essayer de cueillir un nénuphar, tenez, celui du milieu qui est si tentant, les femmes qui portent des bébés ont des envies, vous savez bien, affirmait-elle avec ses deux ans de supériorité.

Puis, voyant qu'elle n'arrivait pas à me convaincre tout à fait, elle ajoutait en faisant une pirouette dans l'herbe pour en finir :

– Vous, stupide garçon qui ne trouvez jamais rien naturel !

Je ripostais :

– Et vous, si ennuyeuse parce que vous trouvez tout naturel.

Ces petites discussions n'avaient jamais lieu près de l'étang noir – qui, en réalité, était plutôt d'une couleur brune tirant sur le gris que de cette couleur de deuil qu'on lui attribuait. Margaret, lorsque nous nous en approchions, se taisait, et je lui étais reconnaissant de ne pas s'amuser à y jeter des cailloux. Nous restions à méditer sur ses bords, et les sujets de nos méditations étaient, je le suppose, différents. Margaret, près de l'étang, était plus mystérieuse que l'étang. Parfois elle semblait être le mystère de l'eau noire assis au bord de l'eau noire et attendant les passants pour les méduser et peut-être les inviter à se noyer? Quant à moi, toutes les histoires permises ou non que je lisais ou entendais raconter, concernant l'amour et la mort, et aussi la folie, me servaient à inventer de nouveaux dénouements pour le drame qui s'était joué là et dont personne – c'est très vraisemblable – n'avait eu la clef. « Ma mère aimait un autre homme que mon père, et comme elle était la femme de mon père, elle avait décidé de se supprimer, d'enfreindre pour cela les commandements de Dieu. » Ou bien : « Ma mère avait vu une flamme au fond de l'étang, et cette flamme l'avait attirée comme font les petites sirènes des contes d'Andersen, comme ferait peut-être Margaret…» Mais pourquoi l'étang n'avait-il pas voulu d'une mère ? Est-ce donc déshonorant d'avoir un bébé dans son ventre ?…

Je brodais comme cela, à l'infini, de réalistes, de féeriques, d'insensées et d'humaines histoires qui nourrissaient grassement le mystère et la douleur tapis dans l'ombre de mon cerveau, quand il m'arriva ceci (c'était un an après le départ de Margaret O'Don) :

Il y avait dans la chambre de ma mère – qui n'était pas celle de mon père – un placard dissimulé derrière un meuble. Lorsque j'avais besoin d'un cahier neuf, ma mère en sortait un dudit placard et parfois elle y rangeait le vieux que je lui remettais en échange. Pour ouvrir ce placard, elle prenait une clef dans le tiroir de sa commode, également fermée à double tour et dont la clef était toujours au fond de la poche de son jupon. Or, un matin, il me fallait un cahier. Je ne me rappelais pas que ma mère avait dû s'absenter et je montai dans sa chambre. À ma surprise, je vis la clef de la commode dans la serrure. Je la pris, trouvai celle du placard et l'ouvris. Je ne savais pas au juste où maman plaçait les cahiers. Le placard contenait un fouillis prodigieux de papiers et de bibelots hétéroclites. Je déplaçai des piles, en renversai, fouillai par-ci par-là, et enfin tombai sur un cahier à couverture rouge tachée d'encre, dans lequel je crus reconnaître l'écriture de ma mère. J'étais tout joyeux : ce cahier devait être un de ceux qu'elle possédait étant enfant et j'allais faire la connaissance de maman petite fille, maman à l'âge de Margaret... Je tournais les pages nerveusement, sans essayer de me cacher, ne croyant pas me livrer à un acte très répréhensible, et je m'arrêtai à la page 6. Je vis tout de suite qu'il s'agissait de lettres et de fragments de lettres. Je n'en fus pas autrement étonné, ma mère n'écrivant jamais deux lignes sans en garder la copie. Je lus et je ne pus plus m'arrêter. Tiens, voici, je l'ai toujours conservé.

John sortit d'un portefeuille râpé un papier plié et replié qu'il me tendit. Comme il faisait nuit noire, il me le lut de mémoire, sans se reprendre.

Cela débutait ainsi :

3 juin 1857.

Mon Jérémie, pourquoi vous ai-je aimé le jour où, entrée par curiosité dans cette petite église de Moll, où pénétraient alors peu de gens (tant les êtres sont sceptiques quand il s'agit de changement dans leurs habitudes de foi), je vous écoutais prêcher un sermon ? Quel en était le sujet, j'avoue ne pas me le rappeler. Tout ce que je sais, c'est que votre voix était douce et prenante, votre visage long et pâle comme je m'imaginais celui du Christ Jésus, et vous aviez aussi les mêmes yeux de ciel désolé et la même abondante chevelure. N'étiez-vous pas revenu sur terre pour réchauffer la croyance des hommes ? Pourtant, comme j'avais froid en vous écoutant !

C'est que le trouble de mon âme était grand et grande également l'humidité des vieilles pierres murales. Mais cela n'empêcha pas l'amour de s'allumer en moi ce soir-là. Je sortis de l'église avec un désir et une volonté : être aimée de vous !

Pour atteindre ce but, il me fallait, je le comprenais, épouser moi aussi les idées de Campbell. Vous vous souvenez comme moi de la résistance que mon père, conservateur de la vieille tradition d'Écosse, opposa à nos projets, de mes visites à la dérobée, pendant lesquelles nous étions tellement avides de baisers que vous en négligiez de m'instruire. Ah ! vous ne pouvez vous douter de l'attrait qu'un prêtre peut avoir pour une jeune fille ! Il a pour elle tous les charmes d'un homme avec le charme d'un dieu. Vous ne savez pas les rêves que je faisais alors...

Les « Disciples du Christ » – comme cette appellation merveilleuse dans sa simplicité sonnait d'une façon émouvante à mes oreilles ! Le but que vous poursuiviez était si beau : supprimer toute division entre chrétiens. Pouvais-je croire qu'un jour, Jérémie, si peu de temps après, vous voudriez diviser ce que le Seigneur a déclaré indivisible : le mari et la femme ? Je ne crois pas que parmi les sectes les plus rigides d'Écosse et d'Angleterre il en existe une qui ait pu reconnaître justes et bons de pareils préceptes. Ma mère, qui m'a souvent parlé de l'ascétisme de feu mon grand-père, qui avait fait sienne la doctrine rigoriste du piétisme à son retour d'Allemagne, ne m'a jamais dit ou laissé entendre que mon aïeul ait eu honte d'aimer sa femme.

Dieu, à ce que je crois, ne nous a rien donné d'inutile et de vil, et les « méprisables parties sexuelles » dont vous parlez, rappelez-vous que c'est lui qui les a faites pour notre besoin et conséquemment pour notre délivrance et notre plaisir. Vous avez honte d'avoir eu avec moi « cet enfant », notre enfant, Jérémie, parce que vous avez éprouvé en le faisant un plaisir bas et que j'ai eu moi aussi un plaisir de cette sorte. Oh ! certainement pas de cette sorte. Et puis, s'il a pris naissance bas (qu'y pouvez-vous et qu'y puis-je ? le corps humain est ainsi construit), il s'est élevé très haut en ce qui me concerne et il atteint les plus hautes cimes de mon âme. Le plaisir a fini par être partout en moi, Jérémie, et je n'en ai pas honte devant Dieu. Ah ! cette joie d'être deux dans une seule chair… Je frissonne toute en y pensant… et vous ne pouvez pas ne pas frissonner en me lisant…

Mon Jérémie, non, je ne pourrai supporter pareille épreuve. Je ne serai jamais une sainte, moi. Je ne serai jamais « votre sœur », comme vous désirez m'appeler désormais, parce que j'ai été et je suis votre femme !

ALICE

La page suivante portait épinglée la réponse de mon père, qui était la suivante :

Réjouis-toi, stérile, toi qui n'enfantes point.

« Éclate et pousse des cris, toi qui n'as pas éprouvé les douleurs d'enfantement. Car les enfants de la délaissée seront plus nombreux que les enfants de celle qui était mariée (Galates, IV, 27).»

Réfléchissez à cette parole de l'Écriture, Alice, ma chère sœur, et cessez de gémir.

VOTRE JÉRÉMIE

J'avais treize ans le jour où je lus ces choses et il me sembla soudain que ma chair bondit hors de moi. Je demeurai effrayé et titubant; mon visage se couvrit de sueur et de larmes. J'arrachai les deux pages du cahier, je remis ce dernier en place et je regagnai ma chambre pour m'y enfermer et jouir des voluptés secrètes que j'y avais emportées. En quelques heures j'étais devenu un homme.

Quand je parus à table, le soir, ma mère me dit doucement:

– Vous êtes bien pâle, mon garçon, et vous avez un air de diable, l'esprit impur rôde autour de vous parce que vous ne priez pas assez.

– Oui, mon enfant, appuya mon père, votre regard est incontinent, prenez exemple sur votre mère et moi qui vivons dans la chasteté, soyez à l'heure au sermon de dimanche et priez, priez, ainsi soit-il !

Au lieu de baisser le nez dans mon assiette, comme d'habitude en pareille circonstance, je me mis à regarder mon père droit dans les yeux. De jaune pâle, il devint blanc, tandis que sa parole s'arrêtait sur sa lèvre tremblante et que ma mère s'écriait d'un ton outré :

– Oh ! Johnie !

Pourquoi regardai-je mon père ainsi et que mis-je dans mon regard ? Je ne sais au juste. Ce fut, je peux dire, indépendant de moi. Il m'avait semblé subitement que je me trouvais en face d'un étranger qui osait me réprimander. Mon père éprouva-t-il également l'impression de ne pas me connaître, lorsque je l'eus ainsi regardé ? Jamais plus, dès cet instant, il ne m'adressa la parole autrement que par l'intermédiaire de sa Bible qu'il me faisait apporter par un domestique, ouverte à la page convenable, laquelle était parfois toute soulignée de rouge, si bien que l'essentiel et le superfétatoire s'y trouvaient au même plan.

Dire que je tournais en dérision la façon d'agir de mon père ou que je n'essayais pas de tirer profit des enseignements qu'il m'envoyait serait faux. Mais, je l'avoue, comme la plupart des enfants d'ecclésiastiques et bien que je fusse porté vers tout ce qui semblait extraordinaire ou mystérieux, j'avais tendance à ne pas voir la foi et ses ministres dans leur rayonnement surnaturel.

Je dirai même qu'à force d'entendre évoquer le nom de Jésus et son exemple chaque fois qu'il s'agissait de quelque chose d'ennuyeux à faire ou de douloureux à supporter, de privations physiques et morales, j'en vins à prendre en aversion cet exalté qui nous avait imposé une vie aussi pénible qu'insensée et que tant d'hommes avaient suivi aveuglément pour aboutir où, à quoi ?... j'en vins à douter de sa parole et de sa divinité, puis à me détourner de lui complètement.

Prier, m'adresser au Seigneur, comme le recommandait mon père, lui demander de jeter sur moi un regard compatissant et le supplier de me secourir m'était devenu impossible, car, désormais, je ne donnais plus à cet acte que la valeur d'une absurde comédie. J'avais d'ailleurs rejeté tout système, toute révélation et filiation pour ne plus croire qu'à l'existence de Dieu. Je sentais sa présence dans toutes les belles choses qu'il avait créées pour mon bonheur et celui de mes frères humains, afin de nous permettre de l'adorer à chacun de nos pas. (Pour moi, Dieu n'était pas synonyme de douleur et bien que ne l'identifiant plus au soleil comme je faisais dans mon âge tendre, du moins je l'identifiais à la joie.)

Mais si je voyais Dieu en tout et en chacun – j'étais, tu me diras, une sorte de panthéiste –, je ne pouvais parvenir à le voir en un seul être suprême et suprêmement puissant, régnant sur l'univers comme le montrait mon père. Puisque Dieu s'était fondu en nous (tout au moins c'est ce que je pensais), je ne comprenais pas quel pouvoir il exerçait sur des créatures dont il faisait partie. Prier, pour moi, c'était m'agenouiller devant un soleil couchant, un simple tronc d'arbre ou une humble fleur, et sentir s'exalter en moi un sentiment de grandeur et de noblesse qui me vivifiait tout en m'apaisant et me donnait envie de me sacrifier à quelqu'un, à quelque chose, d'accomplir un acte héroïque.

Mais lorsque mon père montait en chaire pour parler au nom de Christ Jésus et que je voyais les vieilles filles du village, y compris ma propre gouvernante, sur le point de se pâmer, en proie à je ne sais quel sentiment d'émotion, d'admiration, ou de passion... je ne pouvais m'empêcher de sortir de l'église pour éclater d'un rire sinistre, auquel Margaret répondait par des cabrioles dans la boue. Et, lorsque je rencontrais les yeux tristes de ma mère, j'étais pris d'une violente colère et je ne pouvais m'empêcher de penser que pour vouloir trop ressembler au Christ, Jérémie Mac Corjeag négligeait tout à fait ses devoirs d'homme, d'époux et de père. Je me demandais parfois jusqu'à quel point l'amour de Dieu n'allait pas à l'encontre de l'amour de son semblable.

À l'âge où j'avais le plus besoin de lui, mon père ne m'abandonnait-il pas ou à peu près... S'intéressait-il à ce que je pensais, à mes projets, à mes rêves, cherchait-il à connaître et à calmer mes inquiétudes, où étaient ses conseils, son appui, où était son affection ?...

Est-ce parce que cette nécessité d'avoir un guide, un initiateur, un ami, se fit sentir en moi plus impérieusement certaine nuit d'août : je m'enfuis de chez mes parents.

Gagnant la lande et les bois, je vins me présenter à Morton Castle qui, au débouché de la forêt, et je ne sais par quel caprice de la lune, apparaissait tout en blanc sur le flanc sombre de Greatfoolmount et semblait tenir de la féerie.

Longtemps je m'arrêtai à le regarder. Était-ce véritablement la demeure de mon grand-père... N'était-ce pas plutôt celle de quelque enchanteur... Il allait peut-être me faire prisonnier entre ces murs d'albâtre qui, au petit jour, s'enfonceraient sous terre avec moi. Les grandes résolutions très voulues mais trop rapidement prises font naître de ces doutes.

Car j'avais résolu de vivre désormais chez mon grand-père paternel. J'avais été poussé vers Morton Castle par le peu d'empressement que mettaient mes parents chaque fois que je leur demandais de me conduire chez ce vieillard tendrement aimé de moi ; mais j'y avais certainement été attiré par les yeux de mon aïeul dans lesquels j'avais aperçu ce quelque chose d'inexprimable qui est l'étincelle de l'amitié ou de l'amour et n'attend que le contact d'une autre étincelle pour s'enflammer. J'avais la certitude que mon grand-père ne me repousserait pas. Je ne me trompais pas : il m'ouvrit sa porte et ses bras dans lesquels je restai à sangloter. Il ne me demanda rien, mais il connut une joie profonde lorsqu'il apprit ma décision, ayant toujours souhaité m'avoir chez lui, mais n'ayant jamais voulu m'influencer et paraître m'arracher à ceux qui m'avaient donné le jour.

CHAPITRE III

Une vie nouvelle commença pour moi à Morton Castle. Ce château aux murs épais, aux étroites fenêtres, flanqué de deux tours dont l'une avait été le théâtre de la mort d'un personnage historique, m'inspirait depuis ma petite enfance l'attrait et la terreur comme d'une prison. Je m'y trouvais maintenant enfermé avec le plus singulier et le plus attachant des vieillards. Contrairement à mon attente, ni mon père ni ma mère ne me réclamèrent.

Mon grand-père, tu le sais, était un savant archéologue doublé d'un historien. Pour moi, il était avant tout un poète, un grand poète dont les inspirations étaient dignes de figurer près de celles d'un Shelley, et il est fort dommage qu'il n'ait écrit aucun de ses poèmes.

Ah ! il fallait l'entendre les chanter de sa belle voix sonore, la nuit surtout, sur la tombe de sa bien-aimée. Le vent seul l'écoutait (et moi aussi peut-être, sans qu'il s'en doutât), puis allait souffler aux feuillages des alentours ce qu'il avait entendu.

Grand-père avait aimé ma grand-mère, morte à vingt ans dans l'ardeur de ses baisers, et il continuait à l'aimer. Elle était morte dans la réalité et la réalité n'existe aux yeux du poète qu'autant qu'elle devient irréelle. Pour l'homme, Katheleen Mac Corjeag était étendue dans la tombe, amas poussiéreux qui n'avait plus de nom ; pour le poète, elle était couchée dans le cerveau d'Alen, toute pareille à ce qu'elle était le jour où elle mourut, ou bien elle dansait sur son vieux cœur. Les chants de mon grand-père au cimetière, les danses auxquelles il se livrait, autour de la tombe grise, faisaient sourire les gens du hameau et rougir mes parents. Mais ce qu'ils appelaient des bizarreries ne me choquait, ni ne m'étonnait. Un frisson d'épouvante passait seulement dans mon âme recueillie. Je me sentais pareil à mon aïeul et j'avais de l'amour une idée si grande, que d'y rêver, j'étais pris de vertige comme lorsqu'on regarde trop le ciel. Je comprenais et j'admirais cet être extrême, épris de grandeur et d'absolu.

J'aimais l'entendre redire :

– L'homme ne va jamais assez loin dans ses actes et dans ses rêves, c'est pourquoi il n'atteint pas le ciel.

Mon père et lui se rejoignaient là. Mais au rebours de mon père, il avait une intelligence large, une culture non moins étendue, un esprit clairvoyant dans un corps sain et les diverses façons de se manifester de la nature n'offusquaient pas ses regards. Toutes ces choses réunies faisaient qu'entre ces deux hommes, il y avait une différence sensible et même une opposition très marquée, qui les rendait presque ennemis.

Tu jugeras, non d'après mes paroles, mais d'après ce que tu as connu d'Alen Mac Corjeag, de l'influence qu'il put avoir sur moi lorsqu'il prit en main mon instruction et mon éducation, et tu devineras les horizons qu'il ouvrit à ma curiosité.

Ne va pas croire qu'aveuglé par l'admiration je ne voyais que les qualités de mon maître. Je voyais également ses défauts, mais ils avaient pour moi une saveur particulière, parce que je savais que s'ils n'étaient pas encore miens, ils le seraient indubitablement. Grand-père est la seule personne avec laquelle je me sois senti une parenté, un lien enraciné dans les os, nourri par le sang. Je savais qu'à mesure que je vieillirais je deviendrais plus pareil à lui, et ce m'était une douceur et une sécurité.

Mais s'il me vint une joie nouvelle de cet être avec lequel j'avais tant d'affinité, il me vint aussi une nouvelle tristesse : celle d'entendre ma voix dans une autre voix et de voir dans d'autres yeux mon propre regard – tristesse qu'il devait partager bien qu'il ne me le dît pas. Et soudain j'eus peur de la ressemblance : cette ombre de moi-même qui s'attacherait à chacun de mes pas et me devancerait sur mon chemin. Moi qui avais tant souhaité rencontrer un être qui me ressemblât, qui possédât ce que je possédais en amour et en haine, en goûts divers, dont la voix serait l'écho de la mienne, et la main le prolongement de ma main, je quittai mon aïeul pour revenir chez mes parents !

Il fut décidé que je continuerais mes études dans un collège d'Édimbourg.

La santé de mon grand-père fut fort ébranlée par cette rupture et, trois ans après, il mourait loin de moi à Goldloch.

Alors, Norbert, je me souvins de ce qu'il m'avait dit un jour que je lui avouai mon peu de foi :

– J'ai été comme toi autrefois, John, et j'avais aussi pitié des innombrables mendiants de grâce peuplant notre terre. Je pensais également que pour devenir meilleur il était préférable de faire l'effort nécessaire plutôt que de demander à Dieu de nous rendre ainsi, et que contre la malchance ou le malheur on ne peut rien.

« C'est seulement lorsque ta grand-mère est morte que j'ai compris que si je voulais la revoir, je devais me tourner humblement vers le Seigneur et le prier toute ma vie. Si je m'étais adressé à lui plus tôt, peut-être eussé-je eu, à l'heure présente, le bonheur de tenir dans mes bras ma femme tant aimée. Rappelle-toi ce que je te dis là, John, et réfléchis. Je te comprends, j'ai été comme toi et... je suis peut-être encore comme toi !

Pour la première fois de ma vie, me prosternant devant celui que j'avais voulu ignorer, je priai avec ferveur le Seigneur détenteur de la vie et de la mort de ceux qui m'étaient chers. Je le priai, mais je le détestais en même temps pour se complaire à m'humilier comme il avait humilié un être tel que mon grand-père.

CHAPITRE IV

J'étais maintenant élève au King's College d'Édimbourg.

Ce brutal lancement dans la vie m'avait été plus que pénible : odieux. Bien que je fusse de construction solide, je savais qu'infailliblement je serais endommagé à la proue ou bien à la poupe de mon navire dans cette mer démontée qui cachait tant d'écueils. Tout de suite, je fus méfiant. Ces centaines de paquets de chair dont la base et le sommet faisaient tant de bruits, pieds et bouches, ces centaines de paires d'yeux, qui me semblaient tous pareils et qui plongeaient tous à la fois dans mes yeux, ces centaines d'âmes, qui frôlaient mon âme, me répugnaient à un point que tu ne peux imaginer. Je n'étais cependant pas entouré que de non-valeurs. J'avais su distinguer un cercle de jeunes garçons et de jeunes hommes auxquels le désir de connaître, de s'exprimer et de caractériser sa personne prêtait des yeux lumineux et des voix graves et sonores.

Mais si je les écoutais parler, si je les regardais essayer de percer les secrets de la science, de l'amour et de la religion, je ne me mêlais pas à eux.

Je ne sortais, de la coquille où se renfonçait mon individu, que des antennes qui devaient être d'une extrême longueur à force d'être constamment aux écoutes.

Mes camarades m'avaient surnommé le colimaçon, d'autres le cocu, mais je sentais qu'ils ne me prenaient pas pour un sot. Mon silence et ma circonspection leur en imposaient même, mais leur ôtaient en ma présence la franchise dont ils étaient capables en mon absence, ou plutôt lorsqu'ils se croyaient seuls... Je ne sais si c'est pour cette raison que leurs yeux à tous, quand ils me regardaient, me paraissaient hésitants, durs ou fuyants, presque étrangers à eux-mêmes.

Durant trois années je ne me liai avec personne, ni maîtres ni élèves, jusqu'à ce que tu vinsses.

Tu avais, toi, des yeux qui exprimaient entièrement ta pensée, comme en ont rarement les garçons de chez nous et plus rarement encore les garçons anglais. Je te donnai ma confiance et peu à peu je m'attachai à toi. Enfin j'avais trouvé un ami ! Certes un être très différent de moi, mais dont les pensées jointes aux miennes formaient un tout d'une chaude harmonie.

Norbert, te souviens-tu de nos conversations presque toujours brèves, mais combien riches d'entente muette, de résonances profondes, d'idées qui naissaient pour donner le jour à une profusion d'autres idées ? Ah ! le prodigieux enfantement !

Mais quand j'eus conscience de ces liens m'unissant à un autre être – qui n'était pas mon parent –, je fus pris d'inquiétude. Je n'exagère pas en disant que je connus une sorte d'affolement. J'étais lié par quoi ? Comment ? Quelle partie de moi se trouvait engagée et en danger ?... Quoi donc en moi vibrait pour toi ?...

Tu souris (tu sais bien que je n'ai jamais rien

trouvé naturel), tu te dis qu'en un mot j'étais amoureux de toi.

Amitié, amour, pour celui qui donne tout et qui entend tout recevoir en échange, la différence n'est pas telle. L'amitié est alors l'amour à l'état de sainteté.

Mais qu'il s'agisse de l'un ou de l'autre, amour ou amitié, ce mouvement d'un être vers un autre être n'est-il pas quelque chose de profondément émouvant qui mérite qu'on s'y arrête?... Ces tentatives toujours renouvelées et toujours vaines de rapprochement de deux âmes prisonnières de leur chair m'ont toujours paru des plus tragiques et, en amour, elles m'ont exaspéré au point de... Mais tu verras bientôt.

Je m'imaginais que l'amour permettait l'union la plus complète des âmes et des cœurs, union que ne pouvait réaliser à elle seule l'amitié. Je me suis aperçu, quand j'aimai, que la prétendue fusion des corps était cause souvent, sinon toujours, de l'éloignement des cœurs et des âmes. Toutefois, avant cette époque, aimer et être aimé c'était pour moi atteindre la plus haute cime du contentement humain, et puis, ne pouvant redescendre, mourir aspiré par le vide !

Quand j'aimai…

Ceci m'arriva trois ans après ton départ pour la France, ou plutôt ce fut à ce moment que j'eus connaissance de mon amour. En réalité, je le portais déjà en moi, car nous portons tous, sous forme de souvenir ou sous forme d'espérance, notre amour et son destin.

CHAPITRE V

Depuis le jour où j'avais défiguré Margaret O'Don, s'il m'est arrivé souvent de penser à elle et même, je l'avoue, de me complaire dans sa pensée, je puis affirmer que je ne l'ai pas voulu. J'ai tenté bien des fois de repousser son souvenir, mais je n'ai pu empêcher que, chassée, Margaret s'insinuât en moi, connaissant mieux que n'importe qui les petites fissures de mon cerveau. Souvent il m'avait semblé, aux heures où je penchais la tête, tu sais, ces heures où l'on ignore si l'on souffre ou si l'on vient de souffrir, sentir peser contre mon front le poids d'un autre front dont les pensées, qui n'étaient pas les miennes, se mêlaient subitement aux miennes et faisaient que mon cerveau était dans un état de désordre fou.

Margaret, je te l'ai dit, quitta Goldloch à la mort de son père sans que je l'eusse revue. L'enterrement de Peter O'Don ne me procura pas l'occasion de la rencontrer. En Écosse comme en Angleterre, les enfants n'accompagnent pas aux cimetières les grandes personnes qui trouvent que le spectacle de la mort et de la douleur n'est pas un spectacle pour eux. Je ne la vis pour ainsi dire pas non plus le jour de son départ. Ma mère alla chez Mrs O'Don sans m'y emmener. Je me doutais qu'elle se proposait de conduire les deux voyageuses à la gare. Je pris un autre chemin menant à la gare également, et c'est accroupi derrière un buisson que j'assistai au départ de mon amie. Pendant que nos mères se faisaient de mutuelles confidences, elle se tenait immobile sur le quai, les yeux tournés dans la direction de la maison de mes parents, mais c'était aussi la direction du cimetière, et je ne sus pas si c'était son père ou moi qu'elle regardait…

Margaret revint au pays, quelques années plus tard, arranger avec sa mère des affaires dans leur maison. J'étais à Édimbourg à ce moment et je ne la vis pas ; j'appris seulement qu'elle était devenue une belle jeune fille qui, par la perfection de son visage et la grâce qui émanait de tout son être, charmait tous ceux qui l'approchaient. Mais au lieu de m'attendrir, cela me figea. Je me dis : « Margaret O'Don est devenue une jeune fille comme les autres jeunes filles », et je me désintéressai d'elle. On m'eût raconté qu'elle était demeurée une petite fille maigrelette, aux genoux et aux épaules pointues, au visage et aux mains écorchées, que cela m'eût alors certainement ému et troublé.

Puis Margaret était repartie de Goldloch et avait disparu dans le silence plus épais que tous les brouillards du Nord réunis. On ne me reparla plus d'elle.

Pourquoi fallut-il que six ans plus tard – j'avais alors vingt-quatre ans – je la revisse ? Les choses se passèrent de la sorte : je descendais du coach qui me ramenait au village, une jeune fille était debout au soleil et semblait me regarder. Elle était blonde et bien faite ; ainsi sont beaucoup de jeunes filles. Celle-ci m'avait seulement paru un peu plus pâle et ambrée que ne le sont ordinairement les jeunes filles de chez nous. C'est tout. J'avais déjà fait quelques enjambées sur la route menant à la vicairie quand je rencontrai un vieux de Goldloch. Nous nous étions à peine arrêtés et nous échangions des politesses, qu'un pas de femme retentit non loin de nous. Mon interlocuteur, placé de façon à voir la marcheuse, lui sourit en la saluant et je me retournai instinctivement. Je revis alors, dans le mince visage déjà entrevu, deux yeux qui me fixaient. Je fus saisi, non par l'insistance de ses yeux, mais plutôt par quelque chose de singulier qu'il y avait en eux.

« C'est Mlle O'Don », crut devoir expliquer le vieillard tandis que celle-ci s'approchait de moi et, de sa voix douce et lente d'autrefois, me disait un : « Hallo, John ! » plus éloquent que toutes les paroles parce qu'il nous replaçait immédiatement à la même place que nous occupions dans le passé, dans la même atmosphère de confiance et de simplicité.

J'en fus remué, et c'est sans doute afin de ne pas le laisser paraître que je répondis d'une voix dure un : « Bonsoir miss O'Don », qui rompit le charme en nous déplaçant et en changeant l'atmosphère dans laquelle elle avait voulu que nous respirions.

Elle esquissa une grimace railleuse, et tout en continuant sa route avec moi, elle me questionna sur mon travail, sur Édimbourg en général. Elle parlait vite, d'une voix qui n'était plus la sienne et à laquelle je répondais avec d'autant plus de calme qu'elle ne me rappelait rien.

Lorsque nous nous quittâmes, je me demandai de quoi est faite cette enveloppe que les êtres revêtent avec le temps et quel en est le nom. Est-ce une couche de chair qui se superpose à leur chair et donne à leur visage un aspect plus dur, mais aussi plus défini, ou bien est-ce une couche d'états d'âme, d'expressions et de réflexions, ce qui permettrait de croire que les pensées ne nous quittent que pour s'enrouler autour de notre figure et à la longue y former ces plis et ces bosses qui font du masque des vieillards quelque chose de généralement très expressif. « L'homme de soixante ans porte ce qu'il a "là-dedans" accroché sur le visage », me disait un jour je ne sais à quel propos, en se touchant le front, une paysanne des environs de Goldloch.

Au seuil de la vicairie, ma mère qui s'intéressait davantage aux petits et grands événements de la vie, maintenant qu'elle se faisait vieille, me demanda :

– Vous avez vu Miss Margaret O'Don, comment la trouvez-vous ?

– Mais bien… Je ne comprends pas votre question.

– Elle va bientôt se marier.

– Ah ! très bien…

Cette rencontre, les idées qu'elle avait pu me suggérer et la nouvelle que m'annonça peut-être intentionnellement ma mère ne m'empêchèrent pas, la nuit venue, de m'endormir d'un sommeil profond.

Le lendemain, je rencontrai de nouveau Margaret. C'était fatal : Goldloch n'a jamais grandi. Le surlendemain elle vint chez nous et y resta pour le goûter.

C'est alors que, faisant allusion pour la troisième fois au moins à l'entrefilet qu'elle avait lu dans un journal londonien relatant en termes élogieux la petite exposition de dessins et de peintures faite par moi dans une galerie d'Édimbourg, avec l'appui d'un de mes professeurs, elle se hasarda à me complimenter. Elle n'eût jamais fait cela sans la présence de nos parents : elle n'eût pas osé… Son admiration n'en resta pas là. Elle déclara vouloir être initiée à la peinture et me pria instamment de lui donner les premières leçons. J'essayai de me dérober tout en sentant que je n'échapperais pas au rôle qui m'était échu. Persister dans mon obstination, c'eût été faire preuve de muflerie. J'acceptai donc.

Quelques jours plus tard nous nous mettions au travail.

Margaret, très maladroite d'abord, ne tarda pas à faire preuve d'une adresse telle que j'en fus dérouté. Et bientôt, ses essais m'étonnèrent, plus encore, me stupéfièrent.

Je ne soupçonnais pas que mon amie d'enfance pût avoir, à ce point, une façon de voir et de sentir proche de la mienne. Je me demandais pourquoi je ne m'en étais pas aperçu plus tôt, pourquoi je l'avais crue différente de celle qu'elle était réellement. Les paroles que nous échangions achevaient de m'émouvoir, et puis aussi, la vue de Margaret… une saillie de son corsage… un pli creux de sa jupe…

Je ne soupçonnais pas non plus que mon amie d'enfance pût avoir des seins et des cuisses, de vraies cuisses de femme, avec au fond quelque chose de velu qui était son sexe et me rendait plus désirable que toute autre femme cette femme que je connaissais depuis si longtemps sans l'avoir possédée. Mon trouble avait comme la saveur d'un souvenir d'amant.

Quant aux yeux de Margaret, je les évitais délibérément depuis quelque temps.

C'est que, plus je voulais les voir comme ceux des autres humains – avec la pupille seulement un peu plus petite, mais si peu, la couleur un peu particulière, mais si peu également –, plus ils se montraient à moi étranges, étrangement pareils à ce qu'ils étaient autrefois, à ce qu'ils étaient le jour où je les avais inondés d'encre.

Je ne cessais de penser à mon acte depuis quelque temps, et plus j'y pensais, plus les yeux de mon amie retrouvaient leur caractère de jadis, leur matière, leur couleur, leur vide profond dans lequel j'avais failli tomber... me noyer! Je tremblais...

Margaret, cependant, ne faisait aucune allusion à cet acte barbare et au mal dont elle souffrit. De quoi parlait-elle? Mais d'art et de beauté presque uniquement. Elle remua, à deux ou trois reprises seulement, nos souvenirs d'enfants et je remarquai que sa voix s'embuait alors légèrement. Je l'écoutais sans mot dire; j'étais dans un état de nervosité indescriptible. J'eusse voulu qu'elle parlât de «cela», j'eusse voulu qu'elle me troublât plus encore et qu'elle se troublât aussi, sans savoir à quoi nous aboutirions. J'étais grisé, je trouvais cet état délicieusement dangereux et je souhaitais être tout à fait ivre pour entraîner ma compagne... où?

Margaret allait se marier, m'avait dit ma mère. Mais Margaret ne parlait pas non plus de son fiancé. (Je lui savais d'ailleurs gré de ne pas mêler cet intrus à nos conversations.) Toutefois, cette situation ne pouvait durer plus longtemps. Je m'étais mis à désirer tellement mon amie qu'il lui fallait ou bien répondre à ma passion ou bien cesser de me voir. Un jour, donc, je lui demandai brusquement :

– Vous êtes fiancée, Margaret ?

Dans un effort que je devinais pénible, elle murmura :

– Je l'étais, John...

Lui saisissant avidement les deux mains pour l'engager à me dire ce que peut-être elle voulait me cacher, je lui demandai encore :

– Et maintenant ?...

– Maintenant... je ne le suis plus... j'ai rompu il y a trois jours.

– Pourquoi ? continuai-je, impitoyable.

– Parce que je croyais l'aimer et puis... je me suis aperçue que ce n'était pas lui !

Elle chercha à s'écarter de moi, mais renouvelant mon geste d'il y avait douze ans, je pris sa tête dans mes mains (elle me laissa faire avec la même simplicité que lorsqu'elle était petite) et je lui dis :

– Margaret, regardez-moi et pour une fois, une petite fois, dites-moi vrai avec vos yeux – elle devint toute rouge. Je me suis mal exprimé, Margaret chérie, aujourd'hui, comme autrefois. « Dites-moi vrai avec vos yeux », cela signifie : « Donnez-vous à moi par l'intermédiaire de vos yeux, montrez-moi votre tréfonds, comprenez-moi, la racine même de votre être pensant, ce qu'il y a de profondément vrai en vous et que ne savent pas dire les mots. »

Margaret était si remuée que sa lèvre inférieure tremblotait, comme mue par un petit moteur, tandis qu'une de ses mains serrait convulsivement mon bras. J'ajoutai bien vite :

– Je vous promets de ne vous faire aucun mal cette fois… J'ai été bien malheureux après… Oh ! le plus misérable des êtres…

Devenue très grave, elle dit :

– Ne parlez pas de cela. Celui qui m'a fait du mal n'était pas vous et je ne vous ai pas gardé rancune parce que je n'ai voulu me rappeler que vous, John.

C'est alors que le miracle se produisit :

À la minute même où elle avait parlé de « cela »

et que j'avais cessé de vouloir qu'elle en parlât, ses yeux étaient devenus clairs et transparents. Ils étaient là, sous les miens, tout brillants d'émotion, tout noyés de tendresse, et je me penchais maintenant sur leurs eaux avec la certitude d'y voir ce que j'y avais toujours cherché : la sincérité. Je ne pouvais me lasser de les regarder, ces yeux… J'entrais comme dans une extase.

Je tenais Margaret dans mes bras, contre mon cœur, m'imaginant qu'elle était mon bébé. Pendant des heures nous restâmes ainsi, incapables de parler. Nous étions tellement immobiles et muets que toutes les petites bêtes des herbes et jusqu'aux papillons se posaient sur nous et ne s'en allaient pas.

Lorsque nous retournâmes au village, je me sentais l'âme et le corps si légers que je n'avais plus la sensation de vivre, mais de survoler la vie…

Il me semblait passer avec Margaret au-dessus des moors, des pierres, des étangs, et même des gens. Êtres et choses resplendissaient de lumière et la brume même, qui se levait au loin, était un immense rideau qui flambait. L'air que je respirais était si différent de celui que j'avais respiré jusqu'alors que je me croyais dans un autre pays. Margaret et moi allions, nous tenant par la main, comme lorsque nous étions enfants, et à chaque dizaine de pas, nous nous arrêtions pour nous regarder… Je ne voyais d'ailleurs pas les yeux de ma bien-aimée : je voyais deux soleils.

Tant de flamboiement autour de la naissance d'un amour est souvent d'un mauvais présage. Et il y a, vois-tu, dans la vie, des moments auxquels on ne devrait pas survivre. Le diable se chargera de nous le prouver. Car le diable était là qui guettait le moment où nous commettrions l'imprudence de nous poser sur la terre.

Le lendemain, donc, il vit Margaret étendue dans l'herbe, m'attirer vers elle, il vit sa bouche s'entrouvrir. Il me vit, perdant tout contrôle de moi-même, fouler cette bouche de baisers sauvages, ce corps de caresses et il attendit l'heure de sa victoire qui ne tarda pas à sonner.

CHAPITRE VI

Je ne soupçonnais pas que notre chair pût renfermer de tels trésors de sensations, de jouissances terribles et douces à saveur d'infini, qui font douter que le paradis soit ailleurs qu'en nous. Car peut-il exister délices plus profondes que délices d'amour ?... Quand le corps vaincu flotte sur l'âme, bras tombants, yeux mi-clos, peut-on désirer autre chose que mourir d'une mort complète et subite ?

Ce que fut la première année de notre mariage, le cottage, Le Bungalow, avec sa glycine remuant comme une dentelle devant nos fenêtres et plus tard, Morton Castle, la demeure ancestrale que nous avait léguée mon grand-père (et dont tous les objets, tous les recoins, connaissent une histoire) pourront te le conter.

Margaret, cette femme adorée, avait comblé tous les vides de mon être. Une intimité non seulement physique, mais morale, intellectuelle même, nous rapprochait davantage chaque jour, et chaque jour nous voyait plus étonnés de nous être rencontrés, plus reconnaissants envers l'auteur de toute vie.

Mais à quoi bon te parler de notre amour, de ce que nous éprouvâmes. Seuls ceux qui ont vécu entre ciel et terre ont pu l'éprouver.

Une telle passion eût dû nous mener tout droit au faîte de cet état imprécis que l'on appelle bonheur. Elle nous y mena, en effet, mais l'air qu'on respire au sommet du bonheur est si déprimant et tout ce qu'on y voit est si triste dans son uniformité que je ne souhaite à personne d'atteindre ces régions suprasensibles et surnaturelles.

J'aimais Margaret, Margaret m'aimait, et pourtant, oui, il y avait des moments où j'étais malheureux, malheureux à en pleurer.

Je ne m'expliquais d'abord pas cette tristesse qui embrumait tout, autour de moi et en moi. Je me disais : « Je suis malheureux parce que je suis trop heureux. » Mais, peu à peu, la raison se fit jour à travers tant d'opacité et je connus que je souffrais de ce que je ne me sentais jamais assez près de ma femme. J'avais beau la tenir dans mes bras, la serrer sur ma poitrine à l'écraser, son corps était toujours un corps à côté de mon corps, son cerveau, un cerveau à côté de mon cerveau, son cœur, un cœur à côté de mon cœur. Et cela ne laissait pas de m'étonner. Ne pas pouvoir être un avec ce qu'on aime !

« L'homme quittera son père et sa mère et s'attachera à sa femme. Et les deux deviendront une seule chair », a dit Matthieu, chapitre X, versets 8 et 9 de l'Évangile.

Norbert, comment croire à pareil non-sens ! Quand tu as caressé et baisé chaque parcelle de ton aimée, quand ton regard a plongé dans le vide de ses yeux et ton sexe dans le vide de son corps, quel pas de plus as-tu fait vers elle et que connais-tu de l'amour ?

Les amants les plus étroitement liés ne sont-ils pas condamnés à rester corporellement et mentalement étrangers l'un à l'autre, sinon hostiles...

À presser contre soi un vivant ou un mort, il y a parfois peu de différence : le mort ne peut parler et il ne peut voir, mais le vivant peut mentir en vous regardant dans les yeux !

Bientôt, ma souffrance devint constante. Je ne savais plus être gai. Margaret s'en aperçut et me reprocha, sans y croire encore, cette ombre que je traînais partout avec moi.

Afin de ne rien avoir à lui dire et pour la rassurer tout en me rassurant également, je me jetais alors sur elle et lui faisais violence où que nous fussions, à quelque moment que ce fût. Ces contacts brutaux, de plus en plus souvent renouvelés, m'apaisaient momentanément tout en m'abêtissant progressivement. Mais il me semblait qu'ils éloignaient ma femme de moi au lieu de l'en rapprocher... Cependant, je ne changeais pas ma conduite. J'étais d'ailleurs pris dans une sorte d'engrenage et il m'était pratiquement impossible de me dégager.

C'était un fait : Margaret s'éloignait. Son corps

devenait de plus en plus aérien, son visage plus pâle, sa voix plus plaintive... Et à la place de son regard absent, parce que sans doute il était retourné au passé, restaient deux mares vertes.

Lorsque j'apercevais ma femme maintenant, je n'arrivais plus à connaître sa pensée. Parfois se sachant regardée et voulant me taquiner (elle ne croyait pas encore à mon mal), elle me chuchotait, tournant vers moi son visage de statue auquel on aurait fixé des yeux de porcelaine :

– Devinez à quoi je pense ?

La plupart du temps, je ne trouvais pas et, tandis qu'elle riait de mes erreurs successives, je sentais monter en moi comme une lame de fond, un désespoir qui me bouleversait la raison.

Je me disais : «Toi qui l'adores et crois la connaître comme toi-même, comment peux-tu l'ignorer à ce point ?»

Un jour je faisais son portrait et je la scrutais du regard, peut-être plus attentivement que jamais, plus intensément aussi.

Soudain le rideau de brume qui m'obscurcissait constamment la vue s'écarta, et, ô terreur, je m'aperçus que Margaret était redevenue tout à fait comme avant… Elle était redevenue une enfant, une enfant étrange, fabuleuse presque. Plus rien d'une femme ne subsistait en elle. Elle était assise sur le bord de l'étang, ce soir-là, et ses yeux versaient une lumière lunaire. À un certain moment, elle me tendit ses bras blancs de noyée ou de sirène… Abandonnant ma toile et mes pinceaux, je me mis à courir en gesticulant. Elle courut derrière moi, imitant mes gestes désordonnés (car l'impuissance des êtres à se deviner est grande), et ne voulut croire qu'à un jeu.

J'avais cependant fait mes premiers pas, que dis-je, mes premières enjambées dans le pays de folie et, d'instinct, j'évitai désormais ma compagne.

Mais loin d'elle ou près d'elle, je lui consacrais toujours mon entière pensée, et m'imaginer qu'en mon absence elle pouvait penser à quelqu'un d'autre que moi, ou bien ne penser à rien, m'était intolérable.

J'avais confiance en Margaret, je la savais honnête jusqu'au scrupule ; de plus, nous ne fréquentions personne, et je ne vois pas de qui j'eusse pu prendre ombrage.

Non, je ne jalousais aucun homme, aucune femme : j'en voulais au Créateur !

Je trouvais Dieu infiniment cruel de m'avoir fait m'attacher aussi fortement à Margaret, d'avoir en quelque sorte alimenté mon amour, lequel, sans cet apport divin, eût été bien peu de chose, de m'avoir permis de m'approcher tant de cette femme chérie, de la toucher, de la pénétrer même, et d'avoir ensuite mis des entraves qui rendaient vains tous mes efforts tendant à la posséder d'une façon absolue. Le Seigneur ne me rappelait-il pas ainsi que mon amante était à lui avant d'être à moi ? Il me l'avait seulement prêtée, mais il pouvait disposer d'elle comme il lui plaisait, et me la reprendre à tout jamais, s'il en avait envie…

Tant de prérogatives m'exaspéraient de la part de celui qui ne pouvait pourtant prétendre être aimé de ma femme, et encore moins l'aimer, aussi particulièrement, d'aussi près, aussi tendrement que je le faisais, étant un être humain, tandis qu'il était Dieu.

As-tu compris, Norbert, pourquoi le Seigneur qui exige de nous que nous nous aimions les uns les autres, que nous soyons tous frères, n'a pas fait, ne fasse pas tout pour notre compréhension mutuelle, n'enlève pas cette barrière qui isole chaque homme, chaque femme, chaque enfant, chaque animal, chaque être qui naît ? C'est d'une inconcevable ironie, d'une cruauté inadmissible. Le mensonge, le plus grave de nos défauts, n'existe qu'en raison de cette barrière. Dieu nous a construits pour être menteurs et... il condamne le mensonge ! Enfin, tête de veau, remue-toi donc, réponds-moi donc !

– Vieux, dis-je, soudain tiré d'un grand songe, si je ne te réponds pas, c'est que je pense comme toi.

Alors il continua :

Mon impuissance à me glisser tout entier en Margaret pour voguer par veines et artères dans son sang chaud, connaître tous les recoins de son corps, observer le moteur de ses pensers, m'irritait plus que tu ne saurais le croire. Et lorsque je regardais la grosseur qui soulevait son ventre, un peu au-dessous des seins, l'enfant qu'elle portait en elle, comme un énorme secret, je le détestais. Il me faisait l'effet du plus rusé des intrus. Pour s'être introduit là, il avait dû s'assurer la complicité du ciel.

À l'heure où toute la maison reposait, je remuais les idées les plus saugrenues, idées que j'essayais encore de repousser comme des tentations malsaines et dont je me gardais toujours de faire part à Margaret.

Qu'aurait-elle pu d'ailleurs contre cette nuée de papillons diaboliques ? Maintenant, il était trop tard. Ou bien elle ne m'aurait pas cru, ou bien elle aurait été effrayée. Parfois, cependant, j'eusse voulu qu'elle me demandât : « Pourquoi êtes-vous si triste, mon petit canard ? » Je lui aurais peut-être parlé, et elle m'aurait débarrassé de mes vaines préoccupations. Mais elle ne me demandait rien… Quelles pensées pouvaient s'agiter dans son cerveau à elle ? Car il s'y agitait certainement des pensées…

Ah ! ce cerveau de ma femme, comme il m'intriguait. J'aurais tout donné pour savoir ce qu'il y avait dedans et qui m'était inconnu. Parfois, je murmurais à moi-même : « Tu n'aurais qu'à lui ouvrir la tête… »

Margaret dormant, je m'inclinais sur son visage. Ce visage, il était fermé aux yeux, fermé à la bouche, et tellement immobile ! Saisi de terreur, je le souffletais afin d'être sûr qu'il vivait. La dormeuse se réveillait :

– Qu'y a-t-il ? Vous m'avez appelée ?

Puis, changeant son corps de position, elle repartait dans les rêves, me laissant si vite seul que je me demandais comment elle pouvait aller aussi loin en aussi peu de temps.

J'essayais de m'endormir pour la rejoindre. Mais je ne parvenais pas à quitter notre chambre, pas même mon lit, et ce corps inerte dont la vue me faisait frissonner. Si j'y parvenais, c'était pour me trouver dans un cercle de songes où ma femme n'était pas, comme à dessein.

Parfois le visage clos de Margaret souriait, parfois les lèvres s'entrouvraient et balbutiaient des paroles qui me semblaient incohérentes, parce que, sans doute, je ne les comprenais pas.

J'avais alors la certitude que derrière ce front lisse et dur, devenu pour moi mur infranchissable, se mouvait un monde où je n'avais pas accès. Je laissais retomber sur mon oreiller ma tête endolorie, comme si à la place du duvet il y eût eu des épines.

Margaret, me voyant un visage décomposé au réveil, me conseillait gentiment de prendre un laxatif. Je m'exécutai d'abord, afin de lui être agréable, mais bientôt purges et conseils me firent perdre patience. Ne répondant plus au baiser matinal de ma femme, je lui criais de me laisser tranquille et d'aller en enfer.

La pauvrette soupirait :

– Vous croyez m'aimer toujours, John, mais vous ne m'aimez plus.

Le temps passait, ma nervosité s'accentuait. De plus, il me paraissait que ma vue baissait. Cela, il me fut dur de l'admettre. Il fallut bien me rendre à l'évidence : je ne pouvais plus rien dessiner, ma tête se brisant dans les efforts que je faisais pour voir !

Tu peux imaginer ce que me fut cette révélation.

Ne plus distinguer que formes dérobées, couleurs expirantes, ombres aussi impénétrables que des abîmes, lumières aveuglantes, comme des millions de soleils.

Pour un artiste, le malheur ne se mesure pas !

Je fis cependant de mon commencement de cécité comme j'avais fait de mes insomnies : je le dissimulai à Margaret, présumant que cet état injustifié serait passager. Quand elle me priait de lui montrer mes œuvres et me proposait de l'accompagner à travers la campagne, où je partais avec mon matériel de peintre, afin de tromper les autres et moi-même, je rugissais comme un dément que déjà je devais être. Saura-t-on jamais où commencent l'amour et la folie !

Margaret, brutalement repoussée, pleurait dans sa chambre, pleurait devant moi, pleurait toujours. L'indifférence que j'opposais à son chagrin me prouve que je n'étais plus dans mon état normal. À tout autre moment de ma vie, ces larmes m'eussent ému au point que j'eusse été capable d'y joindre les miennes. Mais non, j'entendais gémir Margaret avec une sorte de satisfaction animale ou bien avec un ennui ressemblant au dégoût.

Les jours froids étant arrivés, je ne sortais plus (j'étais d'ailleurs devenu excessivement frileux) et, ne pouvant me livrer à mon art, il me restait à me livrer à ma femme.

– Je deviens aveugle, lui dis-je un jour à brûle-pourpoint.

– Vous êtes fou, me lança-t-elle. J'ai remarqué, en effet, que vous vous amusiez à faire l'aveugle et le malade et le sourd, et que sais-je encore ; toujours par goût pour tout ce qui n'est pas naturel. Demain j'appellerai ici un médecin.

– Je ne veux pas de votre médecin, hurlai-je, osez seulement le faire venir : je lui casserai la figure !

Et l'envie que j'avais eue de consulter une sommité médicale de Londres fut balayée par la colère, une colère acharnée qui se tourna d'abord contre ma femme, puis contre les médecins, l'humanité entière. Je pensais que tous et toutes se liguaient pour me persuader que j'avais perdu la raison et me faire interner.

Combien de mois durai-je ainsi ? Je l'ignore. Le

jour, je demeurais le plus souvent au salon, assis au coin de l'âtre à surveiller le feu. Lui seul me donnait l'illusion de ne pas avoir totalement perdu la vue, aussi je l'entretenais avec ferveur. Entretemps, je suçais des bonbons que m'apportait en cachette la fillette de notre jardinier. Cela me faisait du bien de sucer continuellement : je sentais fondre mon cerveau et je m'immobilisais dans une torpeur proche du sommeil que je ne connaissais plus. J'étais presque content de penser qu'effectivement j'éprouvais les premières atteintes de la démence. J'allais enfin pouvoir errer dans la lande mystérieuse entre toutes, où les fous ont le privilège de pénétrer, et qui avait toujours excité ma curiosité.

La crainte de la cécité me faisait très mal. Mais cette souffrance n'était pas comparable à celle que j'endurais la nuit.

Ah ! ces nuits, cette obscurité, ce néant… J'étais la proie des plus dévorantes angoisses, le jouet des plus inconcevables tortures. Tantôt il me semblait que la pierre d'un tombeau s'appesantissait sur moi qui n'avais pas cessé de vivre ; tantôt il me semblait que, profitant des ténèbres, la mort, envoyée de Dieu, m'enlevait Margaret et l'entraînait dans des régions plus ténébreuses encore. J'éclatais alors en blasphèmes ou bien en sanglots.

Une nuit, me souvenant que ma femme avait maintenant sa « chambre », je m'y rendis à tâtons. Elle avait oublié d'en verrouiller la porte, selon sa nouvelle habitude. J'entrai. Elle dormait profondément comme toujours. Malade ou bien portante, triste ou gaie, elle ne savait pas dormir autrement.

Je touchai son front. La fraîcheur nocturne le faisait de pierre. Je heurtai du doigt ce front, et j'étais anxieux comme derrière une porte que l'on n'a jamais vu s'ouvrir... Margaret ne répondit pas. La lune, ou peut-être une veilleuse, répandait de la clarté sur son visage que je voyais nettement. En m'en rapprochant davantage, à ma grande satisfaction, j'en distinguai même les détails : les paupières abaissées dont les longs cils recourbés paraissaient tenir aux joues par de minuscules crochets, la joue droite plus remplie que la gauche, les lèvres collées l'une à l'autre, et ce front comme un caillou poli.

À la fin, n'y tenant plus, je retroussai la paupière supérieure de ma femme. Deux yeux sans regard et qui regardaient encore, deux yeux de morte apparurent. Horrifié, je les recouvris de leur mince rideau de chair.

Margaret vivait pourtant : son cœur battait, régulier (quelle mesure battait son cœur ?), mais où Margaret était-elle ? Où sa vie s'était-elle réfugiée ? Derrière ce front, sans aucun doute, derrière ce front impertinent qui me provoquait depuis trop longtemps et que je désirais fendre d'un coup de hache. Quoi, cette barrière osseuse, cette barrière de deux pouces de large, cette chose minuscule que je pouvais tenir dans la main osait s'opposer à moi, me narguer... C'en était trop ! Je... je...

– Je sais, je sais, dis-je à mon ami, ne voulant pas l'obliger à continuer dans une voie dangereuse pour lui.

– Ah ! tu sais, ricana-t-il, eh bien ! dis-moi ce que j'ai fait.

– Je ne sais au juste, rectifiai-je, je suppose que

tu as frappé ta femme endormie, qu'ayant eu peur, elle a crié, réveillé les domestiques. Ce sont, je te le répète, des suppositions.

– C'est curieux : personne ne veut me dire pourquoi j'ai été enfermé, dans quelles circonstances, fit-il l'air très abattu. Ai-je voulu tuer ma femme ?...

Voyant mon ami s'absorber à nouveau dans une méditation prolongée, je le secouai.

– J'ai été enfermé dix ans, reprit-il. Fou et aveugle ! J'ai su cela par les médecins, lorsque j'ai été guéri, n'ayant gardé aucun souvenir de ces dix années.

À propos de ma guérison, que je me rappelle bien, je te citerai un détail : comme je rognais un bout de carton, quelqu'un me demanda :

– Pourquoi mangez-vous cette saleté ?

Je répondis :

– Au fait, c'est vrai, pourquoi manger ce papier ? Habitude, habitude.

Je relevai alors la tête et je vis devant moi un homme vêtu de blanc, un médecin, paraissant aussi stupéfait que moi-même. Il appela un de ses confrères et entama aussitôt une conversation avec moi.

– Que te disait ce médecin ?

– Il me demandait ce qu'il est d'usage de demander aux malades : si j'avais faim, si je n'étais pas constipé, si des œufs au bacon me feraient plaisir, si je voulais bien faire une petite promenade dans le jardin avec lui. Que sais-je encore ?… Il me regardait surtout, et son confrère me regardait également. Je ne pus m'empêcher de leur dire : « Ne me regardez pas comme cela, vous me rendrez fou. »

À quelques semaines de là, je fus transféré dans une autre maison, située dans un endroit où l'air me serait plus salutaire, m'expliqua-t-on. J'y passai de longs mois, réclamant chaque jour la visite de Margaret, que l'on me promettait toujours pour le lendemain. On me permit de lui écrire, mais je ne reçus d'elle aucune réponse. Je soupçonne que les lettres n'arrivèrent jamais à destination. Si les médecins avaient pu se douter de l'étendue de mon inquiétude, ils auraient certainement craint pour ma raison une deuxième fois.

Libre enfin, je partis immédiatement pour Goldloch. Notre maison était close, celle de mes parents également. Le passé s'était vidé pendant ma longue absence... Cette constatation me chagrina beaucoup. Mais non, ce ne pouvait être ! Je cherchais ma femme et je devais la trouver. Je revins à notre demeure et sus, par une laitière qui passait, qu'un domestique venait aérer de temps en temps Morton Castle, où personne n'habitait pour le moment. Je guettai le domestique en question. C'était Johnson. Je le connaissais bien. Le vieux valet essaya de fuir lorsqu'il m'aperçut, et je parvins difficilement à le rassurer.

Ayant retrouvé et le courage et l'usage de la parole, il m'apprit que Margaret, terrifiée par mes menaces de mort, et principalement par le geste qui avait déterminé mon internement, était demeurée, pendant de nombreuses années, dans un état de prostration des plus alarmants. Ensuite, sur les conseils réitérés des médecins, elle s'était décidée à quitter l'Angleterre pour l'étranger.

Je demandai à ce brave vieillard si elle était venue me voir quelquefois dans mon repaire.

– Certes non, me dit-il, d'un ton qu'il n'aurait jamais employé s'il m'avait cru en possession de toutes mes facultés, parce que vous étiez mort pour elle. Son mari, ce n'était pas cet être privé de tout, qui, sauf votre respect, était devenu pire qu'une bête, son mari, ce n'était plus qu'un souvenir.

Johnson ajouta que « Madame devant rentrer prochainement passer un mois dans sa propriété, il ne conseillait pas à Monsieur, s'il avait quelque compassion pour le martyre enduré par elle, de se présenter à Morton Castle sans avertir la malade avec maintes précautions. »

Dans ces conditions, je ne pouvais plus écrire.

Je priai donc Johnson de raconter notre entrevue à sa maîtresse et de venir, sans tarder, me mettre au courant de la situation. Je le priai également de me donner des nouvelles de mes parents.

– Ils sont heureux, me répondit-il.

Je compris qu'ils n'étaient plus. Je m'enquis aussi de la santé de mon fils ou de ma fille…

– J'ignore, fit-il, en baissant les yeux.

J'en conclus que mon enfant n'avait jamais vu le jour.

Une semaine plus tard, Johnson se présenta à l'auberge où j'étais descendu, dans les environs de Goldloch, et il s'écria, tout tremblant :

– Monsieur, que m'avez-vous fait faire ! Madame est au pire. Une fièvre cérébrale ! On craint que ce ne soit la fin…

Johnson parti, je m'abattis sur un siège, comprimant à deux mains ma poitrine, et m'étonnant d'avoir mal là…

Plusieurs jours passèrent, une huitaine peut-être, et le vieux valet qui m'avait promis de revenir ne réapparaissait pas. Il m'en voulait assurément d'avoir rendu sa maîtresse plus malade.

N'y tenant plus, un soir au crépuscule où la grille de notre propriété avait été laissée entrouverte, j'avançai comme un voleur dans le jardin et cherchai à me dissimuler dans un bosquet. J'attendis la nuit, glacé. Johnson vint fermer la grande porte ; Ada, la cuisinière, vint ramasser un fichu sur un banc. Puis toutes les lumières de la maison s'éteignirent… Le jardin était à moi.

Je pris l'allée principale, bordée de frênes. Les feuilles de ces grands arbres s'émurent, le gravier grinça sous mes pas.

Craignant d'attirer l'attention d'un des domestiques, je suivis alors un sentier en terre battue et je m'arrêtai sous la charmille couverte de roses comme autrefois lorsque, assis sur le vieux banc, nous nous serrions l'un contre l'autre.

Je me mis à «ma place», je touchai la sienne, à côté, froide!... si froide!... Et je pleurai comme un enfant qui a perdu sa mère. Il me semblait que j'étais non pas veuf, mais orphelin. Orphelin, effectivement je l'étais, mais je n'en avais pas encore souffert comme cette nuit.

Les heures gouttaient, de plus en plus espacées... Un peuplier se dressait devant moi, droit sans orgueil, avec sur sa tête la lune rieuse sans joie. As-tu jamais éprouvé l'influence maligne de cette veilleuse du monde?

Les feuillages baignés de lumière blanche maintenant se taisaient, ils devaient me prendre pour une image pétrifiée de la douleur. Chaque feuille se découpait, bien distincte, montrant son modelé charnel. Rien ne bougeait, sinon l'eau de l'étang. Elle remuait d'ailleurs à peine. Juste pour faire comprendre qu'elle était amoureuse... Mais de toutes parts éclataient des senteurs : arômes des fleurs de l'été finissant, arômes de chats sauvages, odeurs de plumes et de poils humides, simple odeur de la terre ! Et tout cela était si fort, si pénétrant, si plein de sensualités secrètes, que ma soif d'amour à moi devint intolérable. Mon sang que depuis dix ans je n'avais pas senti couler soudain se précipitait en cascades dans mes artères. Aussi, plus encore qu'un besoin de luxure, c'était un besoin de viol qui m'exaspérait. Violer n'importe qui, n'importe quoi, mais commettre un acte de brutalité !

À un certain moment, une rose se détacha de la charmille et vint me frôler l'épaule. Je la pris et je mordis à pleines dents dans sa chair tiède, m'imaginant mordre dans celle de Margaret. Je fus momentanément soulagé.

Le matin me trouva à la même place, dans la même position. Je me rendis subitement compte du danger qu'il y avait pour moi à rester sur ce banc et je regagnai le bosquet. J'avais résolu d'attendre, d'écouter, de voir…

Vers onze heures, n'ayant entendu aucun bruit, je me mis à écarter des branches et je me rapprochai le plus possible de la maison. C'est ainsi, Norbert, qu'en passant ma tête à travers un buisson à fusain, je revis Margaret !

Elle était étendue sur une chaise longue, non pas vêtue de rose ou de blanc comme jadis, mais de noir… C'était vrai, j'étais mort pour elle…

Cette robe faisait ressortir en jaune son visage émacié et paraître presque gris ses cheveux, jadis si dorés.

Margaret regardait devant elle, mais elle donnait l'impression de ne rien voir. Ses grands yeux trop lavés par les larmes étaient maintenant gris, comme ses cheveux. Leur couleur verte avait coulé dans les orbites creuses.

La présence d'une infirmière m'empêcha de commettre l'imprudence de me jeter aux pieds de celle que j'avais rendue si malheureuse. À genoux sur le sol, je me sentais très faible et j'étais obligé de m'accrocher aux racines des buissons pour ne pas m'écrouler dans les branches qui auraient trahi ma présence. La tête affaissée, je soupirais : « Margaret, pardonne-moi, Margaret, pardon !... »

Je ne te décrirai pas toutes les luttes qui se succédèrent en moi. Qui donc peut se battre ainsi dans un cerveau et dans un cœur d'homme, et comment ces organes résistent-ils à tant de piétinements, tant de poids, de bruits, de coups, alors que parfois il suffit de bien peu de chose pour les altérer ?

Une voix, dominant d'autres voix, disait : « Qu'attends-tu pour t'approcher de ta femme, mais qu'attends-tu ? Peu importe cette présence gênante quand il s'agit de ta vie et de celle de ta bien-aimée. Ce visage douloureux, ce corps affaibli t'attendent pour renaître à la joie. Montre-toi, et Margaret ayant retrouvé son John, le passé s'effacera de lui-même. Vous aurez de nouvelles fiançailles... » Mais une autre voix de répliquer plus fortement : « Regarde-toi dans un miroir, tes yeux sont ceux d'un fou. Margaret est si fragile que la peur la tuera net. » La voix douce de ma femme apaisa ces voix terribles. Elle demandait à l'infirmière :

– Croyez-vous vraiment que mon mari ne soit plus fou ?

– Mais oui, on peut guérir de toutes les maladies, répondit celle-ci.

(J'aurais bien voulu lui exprimer ma gratitude.)

– Ah ! vous croyez… faisait Margaret qui avait dû poser cette question à l'infirmière vingt fois déjà.

Son calme apparent ne durait pas. Elle sursautait bientôt, criant presque :

– Non ! Je ne veux pas le voir. Je ne veux pas qu'il vienne ! Il est fou ! Il va me tuer !

– Ne pensez pas toujours à lui, conseillait l'infirmière, je vais vous chercher le tricot que vous aviez commencé pour la petite Nelly. Ces gens-là sont bien à plaindre avec leurs huit enfants qu'ils n'arrivent pas à nourrir ni à vêtir convenablement.

Je restai seul avec ma femme cinq minutes. Songe : cinq minutes pendant lesquelles je savais qu'elle pensait à moi, qu'elle ne pensait qu'à moi, cherchait à me voir là où je n'étais pas et s'attachait à un fantôme, alors qu'à deux pas d'elle, en chair et en os, je contemplais ce spectacle comme un homme véritablement ressuscité d'entre les morts ! Songe : cinq minutes pendant lesquelles j'étais près d'elle, près à la voir en détail, près à l'entendre, près à la respirer... Par ma volonté je m'étais lié les bras pour ne pas les tendre, je m'étais bâillonné pour ne pas hurler mon amour. Mais mon supplice était tel qu'il me semblait que de chacun de mes pores sortait une langue exaspérée de désir.

Et celui qui voit tout et qui peut tout restait insensible ! Dieu qui aime tous et chacun ne m'a jamais aimé, Norbert, mais pourquoi reportait-il sa haine sur Margaret ? En éclairant la malade, il eût fait cesser sa torture ; il eût fait en même temps cesser la mienne – ce qu'il ne voulait pas, car il est la bonté infinie !

Cinq minutes, comme c'est long et bref à la fois, et que de misère ou de joie cela peut contenir...

Ami, de pareilles épreuves ne sont-elles pas

faites pour annihiler les plus forts et leur retirer à tout jamais leurs dernières croyances ?... Et quand je te dirai que je suis parti sans même emporter l'empreinte d'une main, de sa fine main blanche et lasse qui pendait sur sa robe comme une fleur de lis étiolée, parti sans avoir même échangé avec mon aimée un seul regard...

Je fis ainsi pourtant. Une fois la grille du jardin franchie, je me mis à courir dans la lande, dissimulant de mon mieux ma peine. Une fois chez moi, je me livrai tout entier à elle.

Dans ses bras comme des tentacules, sur sa bouche de cendre, j'expie davantage chaque jour la faute la plus involontaire qui fût. Le reste du temps, je travaille et j'erre. Berneval, qui n'a pas fait comme mes autres amis, Berneval, qui ne m'a pas renié, m'a procuré une situation au ministère. J'ai complètement abandonné le dessin et la peinture. Je ne peux supporter la vue d'un tableau et encore moins celle d'un peintre essayant de fixer un paysage, une expression. Je suis aussi l'ennemi des littérateurs qui essaient de donner une forme aux sentiments humains et des musiciens qui les remuent trop. Comme tu peux le constater, je suis devenu une brute.

Mais ne fais pas cette tête, Norbert.

Les yeux de John, dans l'ombre, scintillaient à force de briller. Je me taisais, mais je passai mon bras autour de son cou et c'est ainsi que, par une nuit des plus noires, nous marchâmes côte à côte jusqu'à sa porte. Au moment de nous séparer, je demandai à mon ami si Berneval-le-fidèle n'avait pas tenté de raisonner Mrs Mac Corjeag. Il me fit «non» de la tête et, sans le vouloir, alluma en moi un espoir insensé.

Cet espoir, je le lui fis partager, afin que sa faible lumière réconfortât son âme jusqu'à l'aurore...

CHAPITRE VII

Le récit de mon vieil ami de jeunesse avait littéralement foudroyé toutes mes facultés, et pendant vingt-quatre heures je ne me sentis plus apte à quoi que ce fût. Mais ce délai passé et mon espoir brûlant toujours, je pris le train dans la direction du Nord. J'avais décidé de faire l'impossible pour voir Mrs Mac Corjeag, et lui parler, dussé-je être chassé de chez elle de la façon la plus honteuse.

– Madame ne reçoit pas ; Monsieur ne sait peut-être pas que Madame a été très souffrante, dit la *housekeeper* de Morton Castle.

– Je le regrette infiniment... Je suis d'autant plus désolé que je suis un de ses amis de France, en

Écosse pour quelques jours seulement, répondis-je de mon mieux.

– Français ! s'exclama la jeune fille, Monsieur est français, alors Madame le recevra peut-être. Ma maîtresse aime beaucoup vos compatriotes, ajouta-t-elle en rougissant, comme si elle les eût aimés davantage encore.

Elle s'informa de mon nom, partit et revint.

– Madame ne se rappelle pas ce nom, mais sa mémoire étant affaiblie – et pour cause –, vous êtes prié d'entrer.

Je fus donc introduit auprès de la femme de John, que je n'avais jamais vue, et admis à lui parler en particulier.

Mrs Mac Corjeag venait à ma rencontre. Forme grêle, vêtue de sombre, si pâle qu'on l'eût crue transparente, elle semblait une ombre qui sortait de l'ombre. Quand je fus à deux pas d'elle, usant toujours d'audace, je lui dis que sans doute elle ne me reconnaissait pas, bien que j'eusse eu le plaisir de la voir de nombreuses années auparavant, étant un ami de jeunesse de son mari. Puis j'attendis, la regardant.

Jolie, l'était-elle? Elle était douée de ces yeux émouvants qui arrêtent l'examen du visage et lui confèrent un charme plus grand que la beauté.

– Mon mari! répéta Mrs Mac Corjeag, en s'asseyant lourdement comme si elle tombait. Mon mari... Mais il est fou...

Ses yeux étaient maintenant fermés et je pouvais admirer la pureté de l'ovale du visage, le nez droit et mince ne formant qu'une ligne avec le front très haut, la bouche un peu longue, mais d'un dessin agréable.

– Cela s'appelle un grand malheur, répondis-je après quelques minutes de silence.

Je n'ajoutai rien d'autre; je voulais d'abord gagner la confiance de cette femme.

– Ah! monsieur, je l'eusse préféré mort, je l'aurais moins perdu ainsi. Quand on a été l'un pour l'autre ce que nous étions, il n'y a pas de mot, on s'en aperçoit, pour exprimer l'horreur de pareilles situations.

– Je sais, John et vous étiez parfaitement unis... Et puis, vous vous connaissiez depuis si longtemps...

– Monsieur, reprit Mrs Mac Corjeag, qui eut visiblement pitié de mon bafouillage, vous êtes un vieil ami de mon mari et je vous parlerai librement. Entre Anglais nous n'aimons pas nous livrer, mais puisque vous êtes français…

(Sa voix était un peu sourde, mais douce comme doivent être les voix des fées, des esprits et des génies peuplant l'immense incertitude de notre existence.)

– John Mac Corjeag fut mon premier et mon seul ami d'enfance. À Goldloch, où mon père était médecin, nos maisons respectives étaient assez éloignées l'une de l'autre, mais dans la solitude des campagnes les distances se rapprochent, en hiver surtout, où le brouillard, le froid, l'obscurité, obligent les gens les plus maussades à se chercher… Nous considérions donc les Mac Corjeag comme nos proches voisins. Le prétexte d'un service à rendre ou à demander, entre maîtres ou domestiques, abstraction faite de l'amitié qui liait nos deux familles, procurait à John et moi maintes occasions de nous voir journellement.

« La maison de John n'était pas belle. Elle était

rude et bosselée comme les Mac Corjeag, de vieille souche, avec quelque chose de délicieusement romantique (les maisons, ne trouvez-vous pas, sont souvent l'image fidèle du caractère des gens à qui elles appartiennent), mais je l'aimais plus que la mienne, unie, placide et guindée, comme ma tante maternelle qui l'avait fait construire.

« Les Mac Corjeag m'avaient toujours attirée par le mystère qui se dégageait de leur demeure, de leurs costumes et de leurs attitudes, de leur vie en général. Vous pouvez juger, en conséquence, de l'attrait qu'eut pour moi le petit John, qui était à peu près de mon âge. Derrière lui, je voyais se dresser le père étonnamment long dans sa redingote étonnamment courte, sa Bible noire dans ses mains cireuses, la mère dans sa robe boutonnée jusqu'au menton qu'on n'avait jamais vue rire ni pleurer, mais qu'on avait vue se jeter dans l'étang noir de Bluemore –, ou le grand-père, que son kilt, ses jambes interminables et son long cou faisaient ressembler à quelque fantastique héron.

« John était à la fois l'être le plus exécrable et le plus fascinant qui soit.

« Exécrable parce que sombre, grimacier, satanique, angoissant. Fascinant ? Mais en raison même de tous ces défauts sans doute ! (Je souris devant la logique évidente de ce raisonnement si féminin.) Toute petite, je subissais cette fascination, à laquelle j'essayais pourtant de me soustraire, par instinct peut-être, mais plus sûrement par fierté de petite fille qui ne veut pas subir l'emprise d'un garçon.

« Vous comprendrez à quel point ce charme agissait sur moi quand je vous rapporterai le fait suivant : j'avais environ douze ans ; John, pour une raison que je n'ai jamais bien comprise et qui ne doit être connue que de Satan, John, qui m'aimait tendrement et n'avait pour moi que bontés et délicatesses, me jeta le contenu d'un encrier à la figure, sans que rien pût motiver son geste. J'aurais dû être dégoûtée de lui, ressentir une violente colère. Eh bien ! quoique humiliée, meurtrie, offensée, je ne lui en voulais pas. Au contraire : dès ce jour, je pensais à lui comme une femme pense à un homme et non plus comme une enfant pense à un autre enfant. Ce n'est pas par rancune, mais par timidité que je fuyais John désormais.

« Cet acte inexplicable ne me donna aucun soupçon sur son équilibre mental, pas plus qu'aux miens d'ailleurs.

« – Vous avez dû lui jouer quelque mauvais tour et il a voulu se venger, les hommes ne sont pas des saints, déclara ma mère.

« Et mon père, qui était indulgent à l'extrême :

« – Il ne l'a pas fait exprès ; c'est sûrement un geste malheureux.

« Quant à moi, je savais ces hypothèses fausses, mais je me gardais de faire part de mes pensées. Ce quelque chose de secret qui s'était violemment exprimé me troublait trop... J'avais entendu plusieurs fois notre femme de charge affirmer à la lingère : "Allez, ma fille, ce que je vous dis est vrai : l'amour et la colère vont de pair. Si votre amoureux vous gronde, c'est qu'il vous aime beaucoup ; s'il vous bat, c'est qu'il vous aime à la folie." J'avais donc la certitude d'être aimée de John, et j'éprouvai une peine réelle en quittant Goldloch avec ma mère, après la mort de mon cher papa.

« Mais je n'écrivis jamais à l'objet de mes rêves, la pudeur ayant pris en moi la place de l'innocence.

« Je revis John de nombreuses années plus tard, jeune fille, et de plus fiancée à un officier de marine. Si j'avais su échapper à son charme, étant une fillette, je ne le sus plus alors. Était-ce parce que mon ami réapparaissait auréolé de talent ? Était-ce parce que j'avais à lutter non seulement avec lui qui était beau et qui m'aimait, mais aussi avec moi-même, avec ma sensualité en éveil ?... J'ai cédé. Je l'ai aimé comme peu d'amantes ont aimé leur amant, je crois. Je l'ai aimé comme une possédée véritablement. Je ne regrette rien... Je ne pouvais trouver plus grande variété de sensations et d'idées réunies en un seul être.

« John avait une nature immensément riche et les possesseurs de tels trésors échappent rarement à la neurasthénie d'abord, à la folie ensuite.

Je regardais Mrs Mac Corjeag parler de ces souvenirs torturants. Son pâle visage était immobile, ses mains qui serraient ses genoux ne tremblaient pas, mais ses paupières baissées laissaient échapper des larmes en flots continus et sa voix s'entrecoupait de plus en plus.

(Je voulus essayer de parler d'autres choses, craignant pour la santé de cette femme, courageuse mais fragile. Elle ne m'en laissa pas le temps.)

– Notre union a duré une année, une seule... puisqu'elle s'achevait à peine quand mon mari a dû être interné.

« John et moi avions reçu de Dieu toutes les grâces données à deux êtres qui s'aiment. J'étais heureuse tout simplement. La moindre de mes occupations était embellie par l'amour, et j'attendais avec sérénité la venue de bébé Jack. Je croyais mon mari dans les mêmes dispositions d'esprit et de cœur. C'était si naturel ! Je croyais que John rêvait de notre enfant comme je le faisais, bien que je n'en parlasse jamais, par pudeur de ma maternité si nouvelle.

« Nous autres femmes aimons et pensons avec notre cœur. Chez l'homme, évidemment, le cerveau joue le principal rôle. Mais je ne m'en doutais pas... Aussi, lorsque j'ai commencé à m'apercevoir de l'agitation d'âme de John, n'y ai-je pas attaché d'importance. Je ne pouvais concevoir que sa vie, étroitement liée à la mienne, si paisible, pût être en proie aux tourments. John réfléchissait trop et livrait trop peu ses pensées. C'est ce qui l'a perdu. Au début de notre mariage, cependant, il s'est souvent ouvert à moi, mais rien de ce qu'il me disait ne pouvait me faire présager la démence. Il se passait bien des intervalles de deux à trois semaines pendant lesquelles il se repliait sur soi-même. Je ne trouvais rien d'anormal à cela : quand John méditait aussi longuement sans me faire part de ses méditations, je me disais : "Il cherche quelque chose", et j'évitais de le déranger. Je croyais d'ailleurs que ces méditations avaient lieu dans le domaine de l'Art, comme presque toutes nos conversations. Pendant la période qui précéda son internement, il ne me parlait pas depuis des mois. Sa mine était pitoyable, son déséquilibre visible.

« Un jour, je m'en souviens, il faisait mon portrait. Ce portrait était d'ailleurs achevé, j'y étais fort ressemblante et je lui conseillai de le laisser ainsi. Lui voulait y ajouter quelque chose, puis autre chose encore. Cela dura deux mois et je posais toujours, docile, mais attristée par l'entêtement de mon mari – entêtement qui aboutissait à la destruction progressive d'une œuvre qui avait été à peu près parfaite du premier jet. Pendant ces séances interminables, il ne disait rien. Une fois cependant il rompit le silence pour me crier d'une voix rauque : "Vous faites exprès de vous cacher à moi, c'est votre faute si je ne réussis pas ce portrait, votre faute, parfaitement !" Et comme je le regardais, interdite : "Ne me regardez pas de la sorte ou je vous crève les yeux, immonde créature !" Dès lors, je voulus lui faire consulter un médecin. Il s'y refusa. Ses parents, qu'il avait mis à la porte dans un accès de fureur et chez lesquels j'allais en cachette, me conseillèrent de le "laisser faire". J'ai eu le tort grave de les écouter et de ne pas vouloir regarder mon malheur en face. Ma punition…

(Mrs Mac Corjeag courba le front, écarta ses cheveux sur le sommet de la tête et mit à découvert une large cicatrice.)

– Il a voulu me tuer !

(Elle s'arrêta un moment pour se ressaisir, puis continua.)

– Par exception, Johnson notre domestique qui n'était pas couché, voyant son maître dont il avait remarqué les bizarreries sortir de la cuisine avec un couperet à la main à cette heure tardive, l'a suivi, intrigué, inquiet aussi. Arrivé à la porte de ma chambre, il a entendu mon cri et il est entré juste à temps pour prévenir le deuxième coup prêt à s'abattre sur mon crâne…

(Ici la femme de John s'arrêta encore et je pouvais entendre sa respiration irrégulière, comme si elle suffoquait. Elle se reprit dans un nouveau sursaut d'énergie, en gardant ses yeux fermés cependant.)

– Savez-vous ? j'ai décidé, c'est dans mon testament, de léguer mon cerveau au laboratoire d'Anthropologie, afin qu'il puisse servir à satisfaire la curiosité de futurs médecins. Et puis… et puis… parce que je ne veux pas être enterrée avec cette chose qui fait tant souffrir dans la vie et doit continuer à faire souffrir dans la mort. A-t-on jamais pu prouver le contraire ?

– Ne pensez plus à cette triste histoire, ma chère Mrs Mac Corjeag, puisque John est guéri.

– Pour l'affirmer il faudrait que vous l'eussiez vu et entendu. Alors je vous croirai. Et encore... Johnson m'a raconté qu'il avait des manières peu rassurantes.

– Je ne vous ferais pas une affirmation pareille si je n'étais absolument sûr de ce que je dis, si je n'avais longuement vu John, si je ne l'avais longuement entendu me parler...

La jeune femme fronça les sourcils, et je m'empressai d'ajouter :

– Je dois vous avertir que John ignore la visite que j'ai pris la liberté de vous faire. J'ai été conduit ici par la pitié. John vous aime trop, madame, pour essayer de s'imposer à vous. Il est resté toute une nuit et un jour dissimulé dans un bosquet, et il a su respecter votre consigne : il ne s'est pas montré. Ce qu'il n'a pas montré non plus, c'est sa déchirante peine, son désespoir sans bornes.

Mrs Mac Corjeag venait de rouvrir les yeux en tressaillant.

– Alors, c'était vrai, articula-t-elle, subitement

inspirée, il était dans le jardin ? C'était quel jour ?

– Jeudi, toute la nuit, et vendredi jusqu'au soir.

– C'est étrange... vendredi soir... Je savais qu'il se trouvait quelque part dans le jardin, et j'ai insisté auprès de Miss Push pour qu'elle me laisse faire un tour dehors, avant de me coucher. J'ai beaucoup insisté, je me suis même fâchée, et elle a fini par accéder à mon désir, en m'accompagnant toutefois. Je marchais, furetant partout, hagarde, angoissée, et elle ne cessait de répéter : « Madame, est-ce raisonnable, est-ce raisonnable ? » comme si j'avais obéi à une crise de folie, moi aussi. Il était là... Il était là... j'en étais sûre !

– Il y était à cinq heures, mais pas à dix. Il est parti comme vous rentriez avec Miss Push.

– Il n'y était plus... Peut-être ? C'est même certain. Je le cherchais avec la certitude de ne pas le trouver. Mais je savais « sa présence là ». Ah ! mon Johnie, je le pensais bien : ce n'était pas possible que son âme fût réduite à néant par la folie. Il est dans l'autre monde et il m'y appelle. Comme je vais être heureuse de mourir maintenant ! Merci, monsieur, de m'avoir donné cette douce certitude.

– Je crois, madame, votre mari encore plus près de vous que vous ne le pensez, et s'il vous appelle, ce n'est pas pour le rejoindre dans l'autre monde, mais bien dans celui-ci. En admettant que son âme ait quitté son corps pendant la maladie – ce qui serait à discuter –, elle a dû s'y réincarner à la guérison. J'en suis convaincu : vous ne verrez pas de différence entre son âme d'à présent et son âme d'autrefois, quand il était sain.

– Est-ce possible ?... murmura-t-elle, très troublée... je n'avais pas réfléchi à cela.

Elle parut s'absorber dans une muette prière. Puis, se tordant les bras, elle cria :

– Alors qu'il vienne tout de suite. Mon Johnie ! Mon Johnie !...

CHAPITRE VIII

– Mon Johnie ! Je veux le voir. Je veux ! criait toujours la pauvre Margaret, dont la voix s'enrouait.

– Pas aujourd'hui, répétait l'infirmière, pas aujourd'hui, mais demain si vous me laissez vous soigner.

– Je ne vivrai pas jusqu'à demain et vous me soignerez en vain. Mon Johnie, je veux le voir tout de suite ! Tout de suite ! Johnie !... Johnie !... hurlait-elle de plus en plus fort, comme si elle se fût douté qu'il était derrière la porte et qu'à son appel il entrerait malgré tout.

Il ouvrit et s'élança vers elle. Je me réjouissais de ce que j'allais bientôt déplorer amèrement.

Elle resta bouche bée en le voyant. Mais lorsqu'il fut près d'elle, elle poussa un cri de bête qu'on égorge, un cri qui dura longtemps. John sortit immédiatement.

Elle étouffait dans les coussins ces mots : « Fou, fou, tuer, tuer, tuer ! »

J'essayai de la tranquilliser, mais je m'aperçus que je risquais de la fatiguer inutilement. Elle était butée, indéniablement butée. De plus, je ne voulais pas laisser John seul. Je le trouvai, non pas dans l'antichambre, où je le croyais, mais dans son petit bureau dont il s'était fait remettre la clef. Il était occupé à charger un pistolet. Je le sermonnai de mon mieux, et, sans qu'il s'en aperçût, je remis l'arme à Johnson, le vieux domestique de confiance.

Mrs Mac Corjeag s'étant enfin assoupie et Miss Push paraissant fatiguée, je commandai à cette dernière d'aller prendre quelque repos dans la chambre voisine où elle pouvait s'étendre. Je fermai la porte de communication des deux pièces et je fis venir mon ami auprès de sa femme. Je le priai toutefois de rester momentanément derrière un meuble, tandis que je me plaçai à côté de la malade.

Mais vingt minutes environ après le départ de l'infirmière, Mac Corjeag se rapprocha de sa bien-aimée en rampant sur le tapis.

– Johnie... se prit-elle à soupirer.

Était-elle à demi consciente, rêvait-elle ? Nous ne le saurons jamais.

John, malgré ma défense, qui ne pouvait se manifester que par des chuchotements, lui prit la main. La tête contre son oreiller, il devait le mouiller de larmes, je le devinais aux spasmes qui secouaient ses larges épaules.

Elle répéta à trois reprises le nom de son amour. Chaque fois, John resserrait son étreinte. Enfin, n'y tenant plus et pour calmer cet appel pareil à une plainte d'enfant, il approcha sa bouche de la bouche de Margaret.

Elle ne l'appela plus...

Lorsqu'il recula, il la vit morte, qui souriait !

– Rupture d'un anévrisme, prononça le docteur, pauvre femme, ainsi s'achève son calvaire.

Quant à John, il était resté debout, appuyé au mur de la chambre, les bras croisés, et tellement immobile qu'on aurait pu le croire mort, lui aussi, si ses yeux n'avaient pas regardé fixement le cadavre avec une expression de défi qui s'accentuait de minute en minute.

Le médecin parti, il revint près du divan où gisait son amante et, la soulevant à moitié, il se mit à la secouer vivement, comme on agit parfois avec une montre qui s'est arrêtée.

J'allais intervenir, mais il déposa de lui-même son macabre fardeau et me dit d'une voix qui voulait être calme, mais n'y parvenait pas :

– Norbert, une vie humaine ne peut s'arrêter ainsi, le docteur s'est trompé. Il y a quarante minutes, Margaret était vivante comme toi et moi ; elle avait des sens, une intelligence… un regard… une voix… Elle était capable de se mouvoir, de comprendre… d'aimer… de créer… Et tu voudrais que subitement elle soit devenue un paquet de viande, pour toi bonne à jeter, pour moi bonne à manger... Car s'il en était ainsi, sûrement je la mangerais ! Je ne permettrai pas aux vers de promener leurs caresses gluantes sur ce corps que j'ai adoré et de se gorger de ce sang qui fut au mien intimement mêlé. Dieu qu'elle est froide ! Je t'en prie, fais-moi apporter toutes les briques que l'on pourra faire rougir dans le four de l'office. Ou je suis fou ou je la réchaufferai !

Je fis selon son désir, n'osant pas le contrarier.

Les domestiques se lamentant dans les quatre coins de la cuisine, je ramassai toutes les briques que je trouvai, je les mis moi-même dans le four et les apportai bientôt à mon ami.

Comme il les arrangea avec soin le long du corps glacé de Margaret, comme il la tint serrée contre sa peau à lui, sa chemise ouverte pour lui communiquer sa chaleur de vivant et rapprendre à son cœur à battre, en plaçant son cœur contre son cœur ! Comme il lui couvrit le visage de baisers et de pleurs !...

Ce spectacle m'arracha bien des larmes à moi aussi, mais je les ravalai en silence.

Au bout d'un moment, John me rappela :

– Norbert, tiens-lui la bouche ouverte.

Je murmurai affectueusement :

– Allons, vieux, allons…

Mais il me supplia et je m'exécutai, tandis qu'il soufflait dans ce trou visqueux, doucement d'abord, plus fort ensuite.

Il s'arrêtait afin d'aspirer l'air et recommençait, s'époumonant. Puis il s'arrêta et ne recommença plus. Il avait renoncé.

Il parcourait maintenant la chambre en l'appelant, secouant les rideaux, écartant les meubles et ne s'interrompant que pour répéter plus lugubrement son cri. Ce cri, qui me battait le tympan et faisait vibrer douloureusement toutes les fibres de mon être, comment pouvait-elle ne pas l'entendre ? Comment pouvait-elle ne pas tressaillir, toute morte qu'elle était ?

Mais non… Margaret ne bougeait pas et rien ne paraissait bouger en elle… Comme si lorsqu'on était mort on n'existait plus !

Il eût été discret, sans doute, de laisser John seul mais cela ne me semblait pas prudent. Je demeurai donc près de lui, l'observant sans en avoir l'air. Il marchait toujours de long en large ; cependant il paraissait presque heureux depuis un moment et je ne savais à quoi attribuer ce changement inattendu.

– Désormais je ne quitterai plus cette chambre, fit-il. Elle est là, je la vois !

Et il esquissa un geste dans la direction du plafond sur lequel la lampe avait dessiné son halo.

Mais quelques minutes plus tard, tirant violemment le rideau qui masquait la fenêtre, il s'écria :

– Pourquoi, ô pourquoi cette fenêtre a-t-elle été laissée ouverte ?... Si tout avait été fermé ici, l'âme de Margaret n'aurait pu m'échapper. Maintenant...

Je le consolai de mon mieux. Il ne voulut pas m'entendre et m'injuria presque.

Ayant organisé autour de lui une garde effacée, mais solide, je descendis au jardin pour me remettre un peu de tant d'émotions.

Le vent soufflait, pur, chassant les nuages à grands coups d'ailes. Les arbres bleus frémissaient.

Sous la charmille, toutes les roses étaient tombées…

Je mis mon front brûlant sur le banc de pierre qui avait la froideur d'un tombeau.

CHAPITRE IX

La volonté de Mrs Mac Corjeag fut respectée.

John, en apprenant de ma bouche et de celle de Johnson la décision de sa femme, ne fut pas autrement étonné. Mais contrairement à ce que l'on serait tenté de croire, il n'éprouva aucun sentiment de curiosité et il n'aurait certainement pas eu l'idée d'assister à la nécropsie, si le Dr Berneval ne l'avait engagé à venir voir.

Oui, ce dernier donna cette autorisation à notre ami. Je fis ce que je pus pour l'en dissuader, mais le professeur de me répondre :

– Allons, encore un qui ne le croit pas guéri. Vous lui en voulez tous à ce garçon ! Eh bien ! en admettant, pour vous faire plaisir, que vous soyez dans le vrai, je prétends, moi, que le contact avec la réalité des réalités le guérira radicalement s'il ne l'est pas tout à fait. Le cerveau de sa femme, il le touchera enfin, à nu, à vif, et vous verrez qu'il ne déraisonnera plus jamais après avoir mis le doigt dessus.

Je n'étais pas le moins du monde convaincu. J'obtins que John vît seulement le résultat de la nécropsie, mais n'y assistât pas. Mac Corjeag consentit, à condition que je restasse auprès de sa femme durant l'opération, – ce dont je me serais volontiers passé.

Déjà le scalpel courait d'une oreille à l'autre de la morte, en longeant le sommet de la tête. Des cheveux tombaient par mèches, du sang coulait… Et le visage de Margaret ne se contractait pas !

La peau chevelue fut rabattue sur les yeux ; ce spectacle hideux que je voyais pour la première fois me donna des nausées.

La scie essayait maintenant de détacher la calotte du crâne ; le marteau lui vint en aide. Ils étaient effroyables à entendre dans le silence, les bruits de ces instruments. Ah ! le bruit sourd du marteau frappant à une tête humaine… On se serait cru dans un atelier du purgatoire.

La calotte crânienne arrachée, les méninges apparurent dans une sorte de toile fibreuse. Berneval, soulevant de la main gauche la masse de cervelle, de la main droite coupait les nerfs et la moelle qui la rattachaient encore au crâne. L'aide-opérateur se prépara à couvrir d'un drap la tête abîmée. J'allai appeler John, sur l'ordre de Berneval.

Il entra, l'air à moitié endormi.

Le praticien avait la cervelle informe de Mrs Mac Corjeag dans ses mains en cuvette.

– Si tu as jamais vu une cervelle de mouton chez le boucher, quant à l'aspect tu trouveras peu de différence, dit-il à notre ami, en guise de préambule. Mais approche donc, touches-y.

John avança d'un pas, mais il garda ses mains derrière son dos. Berneval jeta alors la masse cérébrale dans un bocal d'eau formolée, où elle reprit sa forme normale.

Le regard de Mac Corjeag paraissait tranquille

et – fait extraordinaire – ses yeux étaient presque clairs ! Je ne les avais vus ainsi que devant les choses auxquelles ils prenaient peu d'intérêt.

– Il n'y a que ça ? dit-il simplement.

– Que veux-tu dire ? Je suppose que tu connais suffisamment l'anatomie pour savoir ce que contient la boîte crânienne.

« D'ailleurs, viens te rendre compte.

Le docteur déroula un peu le linge masquant la tête du cadavre et fit approcher John du trou sanglant qui ne contenait plus que des débris de nerfs, de peau, et du sang, du sang qui dégageait une odeur âcre.

– Vois, sens, touche, mais touche donc, plonge la main dans cette cavité humaine, cherche, trouve. Ah ! trouve et montre-moi ce qui reste de l'amour et de la haine, de ce que vous ont dit des yeux et une bouche. Comment ? Tu recules de frayeur, de dégoût, peut-être, quand il s'agit d'approcher celle que tu aimes ! Tu répètes devant ce sang coagulé, cette chair qui se décompose : « Il n'y a que cela ?… » Oui, cela, ça ! Aujourd'hui une pourriture, demain une poussière. Oui, cela, ça… pour qui les hommes vivent et meurent, ont du génie, de la gloire, et deviennent fous.

John chancela, respira profondément afin de ne pas perdre connaissance et se laissa emmener dans la chambre voisine.

Pendant longtemps, il demeura la tête entre ses mains, près de moi qui m'efforçais de le distraire d'une voix qui devait sonner faux.

– Il n'y avait que ça, répétait-il en s'étranglant, il n'y avait que ça, et c'est avec ça que j'aurais vécu, c'est ça que j'aurais aimé… jusqu'à la folie ! Oh ! désespérance des désespérances… Tu vois là Margaret morte, mais elle n'a jamais été autrement que morte… Sa vie était un simulacre, comme la tienne et la mienne. Nous sommes tous gouvernés par la mort, nous sommes tous jouets de la mort, nous sommes tous marqués de son sceau, et chacune de nos pensées, chacun de nos actes est marqué de son sceau. C'est la mort qui empêche deux êtres qui s'aiment d'avoir pleine connaissance d'eux-mêmes, alors que – suprême ironie – elle leur prête la connaissance ! Mais quand elle nous a bien regardés chercher à nous connaître en vain, elle nous retire ce qu'elle nous a prêté, et nous sépare à tout jamais dans le néant. La mort, la maîtresse de Dieu… la mort plus aimée de Dieu que la vie !… Il n'y avait que ça… Alors, pourquoi l'homme a-t-il le sens de l'éternité s'il n'est pas éternel ?

– Il n'y avait pas que ça, dis-je, il y avait autre chose, mais ce quelque chose appartient à Dieu et l'homme ne peut s'en saisir. Celui qui cherche s'expose à perdre sa dernière illusion, celui qui se soumet la garde.

Mac Corjeag, qui avait pourtant semblé m'écouter, me demanda :

– Mais où donc est l'âme de ma femme, me le diras-tu, Norbert ? Je ne la trouve nulle part. Je comprends qu'elle ait quitté cette chambre, cependant je ne comprends pas qu'elle soit ailleurs que dans cette chambre. Tu ne me raconteras pas qu'elle est au ciel ; je ne veux pas de ces sornettes pour enfants. La fenêtre était ouverte, il est vrai, mais Margaret n'était pas obligée de sortir. En admettant qu'elle en ait eu envie, au contact de cette nuit froide et venteuse, elle serait vite retournée ici. Mais pourquoi en aurait-elle eu envie ? Tu as bien vu qu'elle m'aimait... Elle s'est laissé prendre la main par moi. Et puis, et puis, je ne te l'ai pas dit... ses lèvres ont remué lorsque j'avais ma bouche contre la sienne. Elle, elle m'a donné un baiser !

Mac Corjeag claquait des dents. Je lui mis un plaid sur les épaules, et doucement lui répétai :

– Ami, il ne faut pas trop chercher à éclaircir certains mystères qui ne nous appartiennent pas. Si Dieu t'a repris ta femme, c'est qu'il avait des desseins sur elle, et j'ajouterai : sur toi, en t'imposant ce sacrifice.

– Il m'a pris ma femme ! Il m'a pris ma femme ! Mais il n'y a pas de Dieu, Norbert, le ciel est vide et il l'a toujours été. Étais-je assez naïf pour croire pendant des années en l'Être suprême. Dieu c'est l'homme ! – il ricanait. Alors, tu fais partie toi aussi de ces innombrables idiots qui tendent les bras à l'inexistant, luttent et souffrent tout le long de leur vie et meurent en embrassant le vide !...

John s'était dressé. Je crus que son intention était de retourner auprès du corps de sa femme.

Je le devançai afin de m'assurer si le visage de la morte avait été reconstitué par des coutures habiles et lavé soigneusement. Puis je revins sur mes pas. John s'était agenouillé près de la fenêtre, et il suppliait à haute voix :

– Mon Dieu, rendez-moi, mon Dieu, ayez pitié !

Cette soumission de sa part à la Toute-Puissance, cet abandon de ce qui en lui faisait l'homme à ce qui fait Dieu étaient quelque chose de terriblement poignant. Je reculai malgré moi.

Mon ami resta longtemps en prière et, à le voir ainsi immobile dans cette attitude, avec cette expression extraordinaire qui semblait avoir été sculptée dans son visage par quelque maître du ciseau, je me demandais avec angoisse si, par miracle, sa matière de chair n'allait pas être changée en pierre et rester là, devant cette fenêtre, pour toujours, avec dans ses yeux dilatés, sa bouche tordue et les plis de son front, toute sa douleur et son épouvante, notre douleur et notre épouvante éternelles !

Mais John se releva.

J'eus beaucoup de peine à lui faire regagner sa

chambre à l'étage supérieur de la maison, pour l'obliger à se coucher. Je le trouvais très fiévreux. Berneval me persuada qu'il ne s'agissait que des conséquences d'un grand choc émotif, et il chargea Miss Push de lui administrer un soporifique.

Quand nous quittâmes Morton Castle, John paraissait calmé. Il nous fit de la main un salut amical, qui signifiait: «Allez en paix, ma crise est passée.» Néanmoins je me promis de revenir le voir le lendemain dans la matinée. Le Pr Berneval, rappelé par ses occupations, partait pour Londres le soir même.

Je reparus au château à trois heures du matin. J'avais été réveillé en sursaut et poussé par une idée imprécise, un pressentiment.

La grille étant fermée, et comme je ne voulais pas déranger les domestiques dans le cas où je me serais trompé, j'escaladai le mur à un endroit où les pierres disjointes formaient des marches et je sautai dans le jardin. Je me dirigeai vers la maison et, voyant que toutes les lumières avaient été éteintes, je regrettais déjà de m'être dérangé inutilement, quand je crus entendre quelqu'un marcher dans l'allée parallèle à celle que j'avais prise. Je m'arrêtai pour écouter… Mon doute se transforma en certitude : quelqu'un marchait non loin de moi et ne paraissait pas s'intéresser à mon intrusion. Tout de suite je pensai : « C'est Mac Corjeag, j'arrive justement pour lui tenir compagnie, car il ne peut évidemment pas dormir. » C'était lui, en effet. Je lui criai :

– Je viens me promener avec toi !

À ces mots il se rapprocha vivement de moi et me dit d'une voix ardente, tout en cherchant à m'étreindre :

– Enfin toi ! Ma douce… ma belle… Viens tout contre moi et ne m'échappe plus.

Je m'aperçus alors que mon pauvre ami était nu, gonflé de passion, et qu'il ne me reconnaissait pas.

Ah ! ses yeux…

Lui qui avait sondé tant de fois le mystère des expressions, qu'eût-il dit s'il avait pu voir la sienne à ce moment !

Une lueur fixe, la nuit, sur une mer soulevée, évoque faiblement la vision que j'eus de son regard.

– C'est Norbert, voyons, fis-je en essayant de me dégager de ses bras.

– Non, c'est ton John, ma chérie, ton John qui t'adore…

– Alors rentrons à la maison, répondis-je, tout en l'y conduisant insensiblement.

– À la maison ? Oui, mon pois de senteur !

Arrivé en haut du perron avec lui, je secouai fortement le gros heurtoir de la porte principale afin d'éveiller Johnson.

Il descendit et vit immédiatement ce dont il s'agissait. Il m'aida à mettre Mac Corjeag au lit. Nous lui enfilâmes une chemise et lui fîmes avaler une forte dose de pavot. Il s'assoupit et je renvoyai le vieux serviteur, lui promettant de l'appeler en cas de nécessité.

John dormit tout le reste de la nuit. Il se réveilla comme la pendule sonnait les coups de huit heures. Il se retourna d'abord dans son lit, grogna, puis s'assit, le regard vague. Mais c'était tout de même un regard, quelque chose qui l'assimilait à notre monde et je me sentis soulagé.

– Bonjour, vieux, tu ne m'as pas entendu frapper, dis-je en m'approchant de sa couche.

Il tourna la tête vers moi, sans sursauter, sans même qu'un muscle de sa face bougeât et il me regarda sans paraître comprendre. À ce moment, Johnson entra suivi du médecin. Je leur commandai de rester près de la porte et d'attendre en se taisant.

– Tu as bien dormi? répétai-je.

– Bien dormi… bien dormi… répéta-t-il à son tour, d'une voix chantée qui allait crescendo.

– Je suis Norbert, dis-je encore.

– Norbert… Nor… bert… chanta-t-il de nouveau.

J'avais mal au fond du cœur, mais je ne voulais pas désespérer d'arracher John à la folie, cette fille née de la cohabitation de la vie avec la mort.

– Monsieur se fait du chagrin et pourtant «il» est bien comme je l'ai vu autrefois, prononça Johnson.

– Tais-toi imbécile, criai-je rageusement.

À cette minute précise, Mac Corjeag sortit ses pieds du lit tout en restant assis. Je fis de nouveaux efforts, j'inventai de nouvelles paroles, et pour être mieux entendu je lui secouai amicalement le bras. John eut un éclair de lucidité qui me ravit comme le plus tendre sourire d'une femme.

– Allô, Norb, tu es matinal.

– Comme toujours, tu sais.

(Je regardai triomphalement du coin de l'œil Johnson et le médecin qui ne bronchaient pas.)

– Et est-ce que tu sais que Margaret est morte ? dit-il encore, ce qui me décontenança.

– Oui, mon pauvre John…

– Pauvre ? Pourquoi pauvre ? J'ai la même amante que Dieu. Je la lui ai dérobée, elle est pour moi seul. Ah ! te voilà puni, grand châtré, jaloux du bonheur des hommes, qui leur prends leurs maîtresses et ne peux même pas les contenter.

– Diable ! m'exclamai-je, malgré moi.

– De quel diable parles-tu ? La mort… la morte, c'est elle qui est ma douce amie, ma chère maîtresse. Je te dis que je l'ai dérobée à Dieu. Aucun de vous n'a possédé pareille femme.

– Et tu couches avec elle ? fis-je, réprimant mon envie de rire, qui pouvait être aussi une envie de pleurer.

– Je fais l'amour. L'amour... comme c'est bon !... Elle avait les cuisses froides, mais si douces à toucher...

– Tu es un cochon.

– Est-ce que tu ne jouis pas de ta femme, toi, Norbert ? Est-ce que le Créateur n'a pas joui pour créer le monde ?... Quel mal y a-t-il à cela ? Ah ! je veux jouir encore... Regarde comme mon sexe est beau et grand et puissant. Celui de Dieu n'a jamais été ni plus beau ni plus fort. Comme lui je peux créer des hommes, des femmes, des animaux à en repeupler la terre.

– En attendant, vieux, cache-le.

– Et pourquoi le cacher ? Ce merveilleux instrument, cette clef de l'Éternité.

« Ah ! mes enfants, créatures de vie et de mort – qui ne vivront ni ne mourront – comme je les aimerai. Elles auront des yeux d'or immobiles, comme les étangs de Bluemore et des bouches rigides. Et leurs corps flotteront comme la liane. Ah! mes Margaret. J'en aurai de petites, de moyennes, de grandes. Elles m'entoureront comme les anges entourent le Seigneur et mon règne n'aura pas de fin. Ha-ha-ha-ha, je crée l'immortalité, j'enfante l'immortalité. Aujourd'hui, je peux me mesurer avec Dieu et le déloger de son trône pour m'asseoir à sa place.

John achevait à peine son discours que son domestique se mit à beugler:

– J'm'en doutais, j'm'en doutais, moi. Ils auraient dû clouer le cercueil hier. Il rôdait tout le temps autour d'elle; bien sûr qu'il aura fait des malpropretés. Seigneur... abuser d'une morte. On voudra même pas de lui en enfer.

Le médecin, sur mes instances, décida que Mac Corjeag resterait en observation quelque temps; puis, selon le résultat obtenu, il ferait un voyage sur le continent ou un séjour dans une maison de santé.

Mais le docteur croyait que la crise aiguë serait de courte durée. Il s'agissait seulement de conduire

Mrs Mac Corjeag au plus tôt au cimetière, et de mander d'urgence un infirmier spécialisé dans les maladies mentales.

John, lorsqu'il commença à parler à peu près correctement, ne sembla pas s'apercevoir de la disparition de sa femme, ou bien, s'il s'en aperçut, trouva-t-il naturel que la morte fût avec les morts.

Parti pour Londres, où m'attendaient des affaires, je reçus un mois plus tard une lettre du médecin de Goldloch me disant que, le malade ayant retrouvé son état normal, il jugeait inutile, sinon nuisible, de conserver plus longtemps un infirmier auprès de lui, mais qu'en revanche ma présence lui ferait grand bien. Johnson de son côté me fit savoir que « Monsieur étant devenu aussi doux qu'un agneau, point n'était nécessaire de le tenir en laisse comme un méchant chien ». L'infirmier fut donc remercié. Mais je n'avais pas eu besoin de ces deux lettres pour comprendre que mon ami était, sinon guéri, tout au moins en bonne voie de guérison. Lui-même ne m'avait-il pas écrit, de la façon la plus simplement affectueuse, combien il m'était reconnaissant de ce que j'avais fait pour lui et combien il serait heureux de me voir revenir bientôt à Goldloch si je le pouvais ? Je lui avais répondu que je viendrais sans tarder le chercher pour l'emmener chez moi, en France, pendant quelque temps. Je tins parole une huitaine de jours plus tard, et je fus quelque peu étonné de ne trouver personne à la gare alors que j'avais annoncé mon arrivée. « Ils n'auront pas été prévenus à temps », pensai-je. Je me rendis néanmoins directement à Morton Castle, sans déposer ma valise à l'hôtel.

Il était six heures du matin et la porte du jardin était déjà ouverte. Je fis cette constatation non sans inquiétude.

Sur le seuil de la maison je rencontrai Johnson échevelé, entouré des autres domestiques et de deux hommes en jaquette noire, dont l'un, je n'en doutais pas, représentait la Médecine et l'autre la Loi.

Je fus immédiatement entraîné dans le bureau de Mac Corjeag par le vieux valet qui ne cessait de répéter avec des gestes désordonnés :

– Dieu nous maudit, Dieu maudit Morton Castle !

Domestiques, médecin, homme de loi suivirent et purent, comme moi, voir Mac Corjeag étendu sur le plancher, terrassé par la mort. Sa tête baignait dans son sang et l'horreur de sa grimace dépassait tout ce que l'imagination peut concevoir. Dans le fond de son orbite violacée, son œil noir brillait encore.

Chacun de nous avait la gorge dans un étau.

Johnson recouvrit le corps d'un vieux plaid troué et, se plaçant près de son maître, comme s'il eût voulu le prendre à témoin que tout ce qu'il allait dire serait conforme à la vérité, il s'adressa à nous en ces termes :

– Depuis le départ de Mr Jup, l'infirmier, je couche dans sa chambre qui communique avec celle de Monsieur. Or cette nuit j'entends claquer une porte au rez-de-chaussée et je vais la fermer afin que mon maître puisse dormir tranquillement. Voilà qu'en descendant l'escalier, je me sens tout drôle : un fort mal de tête et du sang qui jaillit de mon nez. Ça ne fait rien, je descends tout de même. « Dirait-on pas que j'ai été assommé », et paff ! je m'affale sur le tapis de la dernière marche. Quand je reprends mes sens, j'entends ou plutôt je crois m'imaginer entendre, tant cela me paraissait invraisemblable, une voix gémissante venant de la chambre où était restée notre morte avant d'être portée dans la tombe. Je me relève tout à fait et j'écoute bien. J'entends encore la même voix... L'épouvante me fait remonter l'escalier, mais je ne veux pas, moi qui ai servi mes maîtres douze ans sans avoir reçu d'eux un seul reproche, m'exposer à être traité de lâche. Je redescends donc et j'écoute de nouveau... À n'en pas douter, c'est la voix de Monsieur ! Je saisis les paroles suivantes : « Margaret, alors tu me le dis, c'est vrai ? Ton âme n'était pas dans ton corps, c'est ton corps qui est dans ton âme. Et ton âme je ne l'aurai que lorsque ta chair aura pourri jusqu'à la dernière parcelle... Alors je veux te garder... Tenez, tenez sales vers (plusieurs coups de talon retentirent à ce moment sur le plancher). Je veux te garder, Margaret, nous nous cacherons tous les deux dans le cabinet noir et tu pourriras dans mes bras. Mais pourquoi y a-t-il tant de vermine sur toi… Ah! vermine! vermine!» (Et d'autres coups de talon retentirent encore plus furieux.)

«Une sueur glacée coulait le long de mon corps et je restais toujours comme paralysé. J'allais enfin agir quand, en marchant, je fis un faux pas et je choquai une console. Le bruit attira l'attention de Monsieur. N'ignorant pas à quoi je m'exposais, je me précipitai dans le bureau où j'avais déposé, la veille, le revolver que vous m'avez confié, résolu toutefois à ne m'en servir qu'à la dernière extrémité. Il était temps: Monsieur, qui m'avait suivi dans l'ombre, bondit sur moi, l'œil en feu. Nous luttâmes. J'avais déjà eu un corps à corps avec Monsieur pour défendre Madame, mais j'étais plus jeune de dix ans, et Monsieur n'était pas aussi fort. Cette fois-ci, sentant que j'allais avoir le dessous, je fis jouer la gâchette du pistolet, et Dieu me maudit, je tuai mon maître d'une balle à la mâchoire!…

Johnson venait à peine d'achever, et nous étions tous silencieusement penchés sur les paroles qu'il venait de prononcer, quand un bruit de gravier qu'on dérange nous fit regarder au-dehors.

Un jeune garçon de dix à douze ans, en uniforme de collégien et portant une valise à la main, marchait dans le jardin, s'avançant vers le perron…

Nous étions ahuris.

– Que peut venir faire ici ce gamin, dis-je, sans doute se trompe-t-il…

À ces mots, Johnson, qui était le seul à ne pas avoir relevé la tête, s'élança vers la fenêtre, recula, et se mit à trembler tout du long, comme un vieil arbre desséché.

– L'enfant… articula-t-il.

– Oh ! Seigneur, fit Ada, la cuisinière.

– Oh ! Seigneur, répéta Flossie, la *housekeeper*, comment cela se fait-il, comment cela se fait-il !

– Faites-le entrer dans la salle à manger pendant qu'Ada lui préparera un breakfast, dit enfin Johnson à Flossie, et dites-lui qu'il est de bonne heure encore, et que, que… il ne lui faut pas déranger sa maman.

Le marteau de bronze s'agita et tout de suite après, Flossie ayant ouvert, la voix claire du petit garçon résonna dans le vestibule :

– Je suis Jacquie Mac Corjeag. On ne m'attendait pas, mais moi j'ai attendu Johnson en vain. Que se passe-t-il ? Dès que j'ai reçu la lettre de ma mère m'invitant à venir, mon directeur lui a répondu qu'étant malade, avec de la fièvre, je ne pouvais me déplacer, mais que sa visite ou celle de Johnson me comblerait de joie. J'ai joint une petite carte à cette lettre : Pourquoi personne n'est-il venu ? Mère serait-elle souffrante ? Je veux vite la voir !

– Mais certainement, master Jacquie, veuillez seulement attendre un petit moment. Il est de bonne heure encore, et votre maman repose. Venez déjeuner en attendant, proposa la *housekeeper* dont nous devinions l'embarras.

L'enfant la suivit sans difficulté dans la salle à manger.

– Pourquoi ne m'avoir rien dit, Johnson, fis-je

avec un lourd reproche, c'est grave, très grave, de m'avoir caché cela, savez-vous ?

Le vieux valet releva alors la tête avec dignité, et me répondit d'une voix affermie :

– Si je n'ai rien dit à Monsieur, c'est que je ne devais rien lui dire. Ma maîtresse m'a fait promettre de ne jamais parler de Master Jacquie à qui que ce soit, afin que mon maître ignorât son existence, et bien sûr que ce n'est pas à un de ses amis…

– C'est très bien de garder ainsi sa parole, mais enfin, dans des circonstances pareilles ! Et puis, avec quoi comptiez-vous payer la pension du petit ?

– Avec mes économies, Monsieur. On ne renie pas sa parole pour une question d'argent.

– Voilà qui est d'un brave homme, mais vous comprendrez, ami Johnson, qu'il nous importe d'avoir quelques détails au sujet de cet enfant, et des relations qu'il pouvait avoir avec sa mère. Master Jacquie prétend que Mrs Mac Corjeag lui a écrit pour lui demander de venir. Mrs Mac Corjeag lui écrivait-elle souvent ?

– Madame écrivait à son fils deux ou trois fois l'an, mais le soir de sa mort, après votre départ et avant l'arrivée de Monsieur, Madame me fit appeler et me tendit une lettre en me demandant :

« – Vous avez bien dit à votre maître que son fils n'existait pas, Johnson ?

« Je lui répondis qu'en effet, pour la servir, j'avais menti.

« – Qu'importe, fit Madame, le cas échéant, je vous couvrirai.

« – Je ne compris pas à quoi Madame voulait en venir, mais étant un domestique, je ne posai pas de questions. Je pris la lettre et je me dirigeai vers la porte.

« – Johnson ! cria alors Madame, et baissant la voix : je compte toujours sur votre discrétion ; que personne ne sache à qui j'écris.

« – Madame ne sait-elle plus qu'elle peut compter sur son dévoué serviteur ?…

« – Excusez-moi, j'ai mal à la tête, je me sens toute drôle… Ah ! tenez, je vais mourir… Allez vite, Johnson.

« Je partis, laissant ma maîtresse avec l'infirmière qui entrait. J'étais affligé. Madame était d'habitude plus simple avec moi et, depuis dix ans qu'elle m'honorait de son plus grand secret, c'était la première fois qu'elle faisait des réticences en me parlant. Elle ne voulait évidemment pas que j'apprisse sa tentative de réconciliation avec Monsieur et son projet de rappeler l'enfant à cette fin, à moins que ce ne fût dans le but de l'embrasser avant de mourir. Madame savait que je serais très sceptique quant à cette réconciliation. Elle n'avait pas de conseils à recevoir de son vieux valet, mais lui ayant, pour ainsi dire, confié la vie de son fils, après qu'il l'eut elle-même soustraite à la mort, elle ne le traitait pas tout à fait comme un étranger. Pour en revenir à Master Jacquie, aucune lettre de lui ou de son directeur répondant à la lettre de Madame n'étant parvenue ici, et lui-même n'étant pas venu, je pensai que j'avais fait erreur et que Madame avait écrit à son fils sans rien lui dire d'important.

– L'idée ne vous est-elle pas venue que votre maître s'était peut-être emparé de la lettre?

– J'ai aussi pensé à cela, effectivement, mais je

me suis dit également que si Monsieur avait eu la lettre, il n'aurait pu s'empêcher de me questionner ou tout au moins d'aller voir son enfant à Ormond's College. Or, Monsieur ne s'est absenté de Goldloch que pour aller à Édimbourg. J'en suis sûr : il m'a rapporté une paire de chaussures de là-bas.

– Peut-on être sûr de quelque chose, Johnson ?... Du moins, puisque nous ne pouvons savoir si le père a vu l'enfant, la mère le voyait-elle ?

– La mère, lorsqu'elle fut en état de voir ce bébé venu au monde, Dieu sait par quel miracle, trois mois après l'internement de Sir Mac Corjeag, tomba en syncope. Lorsqu'elle eut repris connaissance, je reçus d'elle l'ordre suivant :

« – Johnson, occupez-vous de trouver une nourrice à l'enfant, et que je ne le revoie pas. C'est son père "en attente". Je ne peux supporter son regard de bébé, non je ne le peux !

« Une violente fièvre s'empara de Madame, et les médecins désespérèrent de la sauver.

« Je m'occupai du petit Master Jacquie. Quand il ne fut plus en âge de rester entre les mains de nurses et de gouvernantes, je le fis entrer dans un collège du Lancashire sur lequel Madame avait fixé son choix, et où j'allai le conduire moi-même. Pendant les vacances scolaires, le directeur de cette maison d'éducation, un homme au cœur généreux, qui était au courant de la situation familiale du petit, l'emmenait avec ses propres fils, soit au bord de la mer, soit en montagne.

« Madame, atteinte d'une maladie nerveuse, voyageait. Elle ne pouvait vivre désormais qu'en changeant continuellement de place. Parfois je la croyais à Paris et elle était à Naples. Je la croyais à Naples et elle était à Amsterdam.

« Je lui ai affirmé maintes fois que Master Jack était très équilibré et que de plus il ne ressemblait guère à son père, physiquement tout au moins. Madame n'a jamais voulu m'entendre. Elle voyait, à travers les diverses images de l'enfant, l'image unique du père.

« Comme je vous le disais tout à l'heure, Madame écrivait à son fils, assez rarement, une lettre brève à laquelle il répondait toujours en demandant : "Mère, quand reviendrez-vous de vos longs voyages ?” Je lui avais raconté, au mignon petit, que ses parents voyageaient loin, très loin, et qu’il les verrait seulement lorsqu’il serait plus âgé et aurait achevé ses études. Mais si Jacquie parlait volontiers de sa “mammy”, il ne s’inquiétait guère de son “daddy”, comme si sa mère seule lui eût tenu à cœur. J’allais voir assez souvent Master Jacquie au collège et lui apportais des friandises. Il me disait et me dit encore : “Mon Johnson chéri”, comme il dirait : “Mon grand-père chéri”, et j’en ai toujours le cœur bouleversé.

À l’heure qu’il est, il doit avoir fini son assiette de porridge, et nous ne pouvons le faire attendre plus longtemps. Mon Dieu, venez-nous en aide !

– Je crois, mon brave Johnson, fit le docteur, qu’il serait mauvais de révéler la cruelle vérité à Jacquie. Le plus sage à mon avis serait de l’éloigner immédiatement, sous un prétexte que vous saurez trouver mieux qu’aucun de nous, connaissant l’enfant.

– Écoutez, fis-je à mon tour, ne pourrait-on pas annoncer au petit que sa mère a été brusquement rappelée à l’étranger, mais que, pour le consoler, elle a chargé un de ses amis de lui faire faire à lui aussi un beau voyage ? J'emmènerais l'enfant avec moi, chez moi. La question du retour est facile à résoudre : Johnson viendrait chercher Jacquie à Calais, où je le lui remettrais. Je suis persuadé qu'aller en France le tentera, c'est le rêve de tout collégien. En attendant, je vais l'accompagner chez une exquise vieille dame de ma connaissance qui habite Inverness.

Mon projet fut trouvé bon. Jacquie, quand Johnson lui eut appris que sa mère était partie, mais qu'un monsieur se proposait de le conduire en France, ne versa pas une larme, mais devint très rouge, puis très pâle, et demanda seulement si « ce n'était pas le monsieur qu'il avait rencontré dans le bois avoisinant le collège et qui lui avait fait peur à le rendre malade en le regardant avec son horrible visage et ses yeux fixes qui semblaient contenir du feu ».

Cette révélation nous troubla tous beaucoup, surtout lorsque quelques minutes plus tard le facteur du pays, interrogé par l'homme de loi, avoua avoir remis une lettre à Sir Mac Corjeag trois jours après la mort de son épouse. Mais nous fîmes de notre mieux pour cacher notre trouble au petit garçon et nous efforçâmes au contraire de le rassurer en lui disant que son guide serait moi en personne, et non le vilain monsieur qu'il avait certainement vu dans un cauchemar.

Ayant laissé le pauvre enfant en des mains sûres et charitables à Édimbourg, je revins à la maison du malheur.

Le permis d'inhumer avait été délivré sans trop de difficultés, et le lendemain même, un peu avant la tombée de la nuit, Johnson et moi, avec l'aide d'un fossoyeur, portâmes Margaret d'abord, puis John, dans la fosse qui avait été creusée pour eux au cimetière de Goldloch.

Ce petit cimetière était si calme, si naïvement simple, que je me demandais comment mes deux morts pourraient s'y adapter. À chaque pelletée de terre que le fossoyeur jetait sur les cercueils, je m'attendais à entendre John hurler son mécontentement d'une voix qui dans le silence environnant se répercuterait de colline en colline et ferait fuir les oiseaux. Mais il est rare que les morts se plaignent par un cri ou même par un soupir et lorsque les coffres de chêne eurent entièrement disparu sous la terre, que Johnson et le fossoyeur furent repartis et que le silence eut repris ses droits, je compris ce que signifie « ne plus être ».

Ce silence, à l'instant même où je me trouvais être le seul vivant du cimetière, m'enveloppa dans une sorte de ouate qui me rendit à peu près insensible ; puis il me pénétra comme une eau en m'assourdissant complètement ; enfin il m'atterra, et sa force était telle que je n'arrivais pas à me relever du sol où j'étais tombé à genoux. C'était bien le silence du néant, de ma vie je n'en avais connu de semblable. Il m'avait fallu, pour cela, venir enterrer mes amis dans ce vieux cimetière perdu dans un repli des Highlands.

Ce jour mémorable terminé, je retournai auprès du petit Jacquie.

Dans le train qui nous menait à Douvres, je contemplais maintenant cet enfant à mon aise.

Ses traits fins, qui étaient ceux de sa mère, ses cheveux bouclés dont la couleur était un heureux mélange des cheveux noirs de Mac Corjeag et des cheveux blonds de Margaret, et surtout ses yeux candides – qui paraissaient noirs ou bleus selon qu'on les regardait de face ou de profil – le faisaient ressembler à un chérubin.

Ce chérubin abandonné, comme je le plaignais !

Je me demandais par quelle injustice, par quel concours de circonstances tragiques, la part d'amour à laquelle tout enfant a droit en naissant lui avait été ôtée. Mon désir de le garder dans ma famille était grand, mais je pensais qu'à ce jeune être, je n'avais pas le droit de retirer la dernière chose qui lui restât et qui compte presque autant que père et mère dans la vie d'un homme : sa Patrie !

Jacquie sembla deviner ma pensée :

– Pourquoi papa et maman ne demeurent-ils pas dans leur pays au lieu de toujours voyager ? soupira-t-il.

– Parce que ce sont deux malheureux, laissai-je échapper à regret, craignant d'être questionné à nouveau.

C'est alors que le petit garçon me fit cette réponse étonnante :

– Ah ! monsieur, si j'avais pu les embrasser une fois, une toute petite fois... ils ne seraient pas partis, partis jamais, je sais bien... et ils n'auraient plus été malheureux !

Pendant que mes yeux s'emplissaient de larmes, je ne sais pourquoi me revint cette parole de Jésus :

« Je te loue, Père, Seigneur du ciel et de la terre, de ce que tu as caché ces choses aux sages et aux intelligents, et de ce que tu les as révélées aux enfants. »

CHAPITRE X

Ce qui me décida à aller de France en Écosse, à un âge où généralement un Français n'aime guère se déplacer et rompre avec les petites habitudes douces à la vieillesse, n'est pas l'envie de revoir les lieux où je passai d'heureuses années de ma vie : j'ai proscrit les souvenirs, afin d'achever mes jours en paix.

Je pris cette décision, qui étonna mes amis, grâce à l'initiative d'une jeune fille aux yeux de velours violet, à la petite bouche en cœur, du plus beau garance, à la voix des plus caressantes…

Ne souriez pas : il s'agit de ma petite-fille, une orpheline.

– Grand-père, j'aurais beaucoup de joie à

connaître l'Angleterre et surtout l'Écosse. Et puis cela me permettrait de me perfectionner dans la langue anglaise, me disait-elle à tout propos, en m'embrassant chaque fois.

Ce dernier argument à lui seul me convainquit.

Nous partîmes donc.

Il y avait exactement trente-huit ans que je n'avais traversé la Manche, trente-huit ans que mon ami John Mac Corjeag était trépassé, ainsi que sa femme, laissant à peu près seul au monde un fils de dix ans.

L'enfant, vous le savez, avait eu mon entière compassion, et bien qu'il poursuivît ses études en Angleterre et que j'habitasse la France, je m'occupai de lui de mon mieux jusqu'à son mariage prématuré et son départ pour l'Amérique qui eurent lieu le même jour.

Jacquie Mac Corjeag n'avait pas épousé une femme de sa condition, et j'avais tout d'abord déploré cette mésalliance qu'il était allé cacher si loin. Mais en y réfléchissant, je m'étais dit que dans la haute société écossaise et londonienne où son père avait fait grand bruit avec sa folie qui avait duré longtemps, avec sa guérison de trop courte durée et sa mort dramatique, aucune jeune fille bien née n'aurait voulu du fils d'un aliéné pour époux. La décision de Jacquie, dès ce jour, me parut plus raisonnable. Et lorsqu'il m'écrivit que sa femme lui avait donné un garçon, je m'en réjouis sincèrement. Ce mari fut d'ailleurs comblé : pendant huit ans, chaque année ou presque, il reçut pareil cadeau.

Comme je regrettais que ses enfants fussent outre-Atlantique ! J'aurais tant aimé faire ce voyage en Grande-Bretagne dans le but de les voir. J'avais bien la photographie de quatre d'entre eux, mais ayant été l'ami de leur grand-père, j'eusse de beaucoup préféré les tenir sur mes genoux, bien qu'ils ne parussent pas avoir de ressemblance avec lui.

Quant à leur père, j'avais pu constater qu'il n'avait hérité ni physiquement ni moralement de John Mac Corjeag. Et cela m'avait toujours dérouté !

Qu'un homme aussi fortement dessiné eût pu concevoir un homme aussi imprécis, que d'un amour aussi intense, d'une intelligence aussi tourmentée eût pu résulter un être au cœur froid et à l'âme tranquille, je ne l'ai jamais compris.

Ce que je n'ai jamais compris, non plus, c'est que Jack Mac Corjeag ne fit pas preuve de plus de curiosité à l'égard de ses parents. Il est vrai qu'il ne les avait pour ainsi dire pas connus. Cependant, il est rare qu'un orphelin devenu adolescent ne prenne pas le plus vif intérêt à ce que furent ses père et mère, et en particulier à ce que fut celui dont il porte le nom ; il est rare qu'il ne s'efforce pas de dégager des cendres de l'oubli ceux auxquels il doit le jour, et qu'il ne questionne pas les gens qui les ont connus et surtout aimés !

Jack avait-il appris de la bouche d'un de ces êtres vils et rampants qui trouvent plaisir à propager le mal et le malheur ce que je me réservais de lui dire le plus tard possible ? En tout cas jamais, et même quand il fut sur le point de se marier et que j'eus la certitude qu'il savait, il ne fit allusion à l'internement de son père ou à l'abandon de sa mère – dont il avait certainement souffert. Était-ce délicatesse, pudeur, honte ?… L'enfant aux yeux verts étonnants, aussi énigmatiques que ceux de sa mère, ne m'a jamais laissé pénétrer au fond de sa pensée…

Ma petite-fille et moi approchions de Londres, et il me semblait que j'allais retrouver mon défunt ami là-bas, mais vivant !

Je me gardais de le dire à ma gracieuse compagne de voyage (depuis un moment elle devait me trouver plutôt maussade), elle se serait moquée de moi et elle n'aurait pas eu tout à fait tort.

Cependant, plus nous avancions, plus ma certitude grandissait.

Cher vieil ami malheureux, parce que tout en lui était illimité… Enfin je le reverrais, je l'entendrais de nouveau, je mettrais mon bras autour de son cou, comme autrefois lorsque nous marchions côte à côte dans la nuit, parlant et pensant.

Je n'étais pourtant pas assez usé pour me laisser influencer par la légende créée au lendemain de sa mort et que ma mémoire s'ingéniait à recréer pour moi, sans doute afin de m'être agréable !…

Il était, paraît-il, arrivé ceci :

La nuit qui avait suivi la mise en terre de John

Mac Corjeag, un chasseur attardé regagnant sa demeure avait pris le sentier longeant le mur du cimetière de Goldloch.

Il allait en sifflant un air des Rock Mountains, quand un bruit suspect arrêta sa chanson sur ses lèvres.

Il entendait une sorte de grognement terrible, accompagné de coups auxquels succédait une plainte étouffée. « Un ivrogne frappe sa femme », se dit-il, et il regarda autour de lui. D'un côté il y avait la lande précédant le bois qu'il venait de quitter, de l'autre l'enclos des morts. Le bruit, de toute évidence, émanait de là... Était-ce la voix d'un homme, d'une femme ? Celle d'un animal ? Maintenant le chasseur doutait. C'était en tout cas une voix qu'il ne souhaitait à personne d'entendre. Son cœur sautait dans sa poitrine et l'incitait à fuir. Cependant, le chasseur posant son fusil agrippa le haut du mur et parcourut le cimetière du regard. Ne voyant toujours rien, et le bruit n'ayant pas cessé, il reprit son arme et pénétra dans le champ des morts. Il se rappela que John Mac Corjeag avait été enterré là le soir même, et de penser à ce fou qui était si près de lui dans l'ombre, il ne put faire un pas de plus vers la tombe fraîchement recouverte. La voix qui avait paru s'éloigner se rapprochait. De plus, il était sûr d'avoir vu une silhouette à califourchon sur le mur, qui venait de sauter à l'extérieur du cimetière…

Le chasseur ne bougeait pas. Il avait déjà assez fait remarquer sa présence. Il était effrayé à l'idée de sortir de l'enclos, et il était aussi effrayé à l'idée d'être seul à cette heure parmi les morts. Au bout d'un moment, il se décida et partit d'un pas délibéré, sans courir toutefois. Il n'était pas de ceux qui se défont de leur dignité quand ils sont hors de la risée de leurs semblables. Sans se retourner, il marcha droit devant lui jusqu'au village.

Après bien des hésitations, il se confia à son épouse qui, tout de suite, lui répondit :

– Il faut prévenir le fossoyeur ; si le Mac Corjeag avait été enterré vivant, et s'il était en train de s'acharner sur sa femme !

Le fossoyeur fut prévenu. Il traita le couple de « rêveurs éveillés », et continua son sommeil interrompu.

Le lendemain matin et dans la journée, les curieux venus au cimetière n'entendirent rien que la voix du vent dans les arbres et le cri d'un oiseau, quelques-uns restèrent jusqu'à la tombée de la nuit et ne furent pas plus satisfaits. Le chasseur essuya la moquerie générale. Mais le surlendemain, à la stupeur de tout Goldloch, on apprit qu'une blanchisseuse avait été étranglée dans le bois près du cimetière. Ce n'était pas une fausse nouvelle : le cadavre fut vu de tous. On se perdit en conjectures sur l'auteur du crime, Goldloch pouvant se vanter de n'avoir jamais eu que des honnêtes gens dans ses collines et ses vallons.

Deux jours plus tard, une nouvelle victime, un homme cette fois, était trouvée dans le même bois, la tête écrasée par une énorme pierre. Le village en conclut que l'assassin était le fou, et personne ne s'aventura plus dans le bois ni la nuit ni le jour, mesure sage, puisque aucun autre crime ne fut découvert.

Pour les nouveaux morts, on posa même les premières bases d'un nouveau cimetière, l'autre commençant à devenir trop exigu. C'est la raison qui fut donnée par le pasteur, tout au moins, et aussitôt les bourses de se délier. Nul n'avait envie d'avoir pour sa dernière demeure l'enclos hanté par le fou. Déjà, à la mort de Mrs Alice Mac Corjeag, sa mère, il avait été question de ce changement, car les Mac Corjeag avaient décidément une façon choquante de mourir : cette Alice, en se jetant dans l'étang noir de Goldloch, sans même laisser un mot pour expliquer son acte ; Jérémie, son mari, le pasteur, en prêchant le sermon du dimanche ; Alen, son beau-père, en récitant des vers sur la tombe de sa femme décédée trente ans auparavant, sans parler de Walter, le trisaïeul, que les vieux du village se rappelaient bien. Celui-ci était mort – ô comble des inconvenances – en faisant l'amour. Tous ces décédés étaient autant de fantômes nuisibles au repos des autres morts comme à la tranquillité des vivants.

Je me souviens maintenant que c'est par Johnson, le vieux serviteur des Mac Corjeag, maintenant décédé, que l'aventure du chasseur me parvint à Paris. Mais le vieux garçon étant superstitieux comme on l'est dans les Highlands, je n'attachai à son récit qu'une médiocre importance. Cependant, de me l'être remémoré, j'en éprouvais un malaise. En vain je me frottais le front, en vain je cherchais à me distraire en regardant ma petite-fille endormie si délicieuse à contempler. John, fou, me poursuivait. Il semblait même entré dans notre wagon. À un certain moment, je crus le voir penché sur ma Lucie. Elle poussa un cri et s'éveilla :

– Grand-père, j'ai eu peur ! Je rêvais que j'étais poursuivie par un fou ; il descendait une pente à toute vitesse, et il allait me saisir quand j'ai ouvert les yeux.

– Si nous allumions ? fis-je.

Nous achevâmes la soirée à bavarder.

Mon séjour à Londres me fut salutaire. Dans mes courses à travers rues et musées je perdis le fantôme de Mac Corjeag. Beaucoup de ces rues et de ces musées, je les avais parcourus avec John, et je ne pouvais empêcher que des réminiscences du passé vinssent visiter mon âme. Mais si je pensais à John, c'était comme à un être très cher dont je déplorais la perte ; ma pensée n'avait plus le caractère d'une obsession, et je riais intérieurement des craintes que j'avais connues dans le train. J'en avais même honte...

Nous passâmes une semaine dans la capitale anglaise, et plusieurs jours dans d'autres villes, en remontant vers Édimbourg.

Ce voyage, on peut s'en douter, n'avait cessé de plaire à ma petite-fille, mais c'est dans la campagne écossaise qu'il avait résolu de la séduire complètement.

Lorsque Lucie vit les Lowlands revêtus de leur parure automnale, elle voulut voir les hautes terres et souhaita errer de village en village jusqu'aux monts Grampians dont je lui avais dit le charme surnaturel. Elle ne pouvait détacher ses yeux de la lande couverte de courte bruyère d'un violet si profond qu'elle ne crut pas d'abord qu'il s'agissait de simple bruyère, des lacs qui lui semblaient remplis d'or fondu et du ciel étrangement pommelé qu'elle déclara préférer au plus beau ciel bleu.

À Glentill, hameau proche de Goldloch et situé aux alentours du Ben Mac Dui, elle me dit :

– Je crois que je rêve ou que vous me contez une histoire de fées... Mais je ne voudrais pas vivre ici parce que tout ce que j'y pourrais désirer serait impossible à réaliser et j'en souffrirais. Ce sont des pays où il doit souvent arriver que l'on meure d'amour…

Je ne répondis rien. J'étais fortement impressionné par ces paroles, et pour deux raisons : la tragédie des Mac Corjeag venait de se renouveler brusquement devant moi, et l'âme de ma petite-fille que je prétendais connaître se révélait non moins brusquement à mes yeux, différente de ce que je croyais.

Je me sentais soudain empli d'inquiétude au sujet de cette enfant, d'une inquiétude inexprimable comme le ciel qui nous couvrait et qui ne savait pas pourquoi il était soucieux. Aussi, quand Lucie fatiguée désira rester à l'auberge où nous étions descendus, au lieu de partir avec moi dans la campagne, je fus sur le point de ne pas m'en aller afin de ne pas la laisser seule. Elle insista, et comme je n'avais aucun prétexte à lui donner pour rester, je m'acheminai vers le petit bois menant à Goldloch.

Comme je marchais sous ses arbres à moitié

dépouillés, foulant aux pieds avec volupté leurs splendeurs craquantes, je ne pouvais m'empêcher d'évoquer les jours si lointains et si proches à la fois où Mac Corjeag et moi promenions ici notre jeunesse ardente. À chaque pas j'avais l'illusion de me rapprocher d'un John de dix-huit ans, que j'entrevoyais à travers les branches, avec son regard tantôt baignant dans le feu d'une extase secrète, tantôt flamboyant dans l'eau noire d'un abîme.

Ce John, je le suivais, et il me conduisait par le bois hanté dans la direction du vieux cimetière.

Non loin de moi une branche craqua. Ma rêverie s'enfuit à grand tire-d'aile comme une corneille apeurée. Me sentant seul, j'accélérai mon pas. Je me disais que je devais à notre amitié une visite à la tombe de mon ami.

Dans la lande je croisai deux hommes. Ils se turent à mon approche, après avoir laissé échapper ces mots : « Tout de même, qui aurait cru que Sir John Mac Corjeag avait été enterré vivant. Et tout de même, c'est l'exacte vérité ! »

Je n'étais qu'à moitié surpris d'entendre parler de cette histoire vieille de trente ans, tant dans les campagnes les récits invraisemblables résistent aux années. Cependant, ce n'est pas sans une certaine appréhension que j'entrai dans l'enclos des morts...

Le cimetière était trop pareil à ce qu'il était autrefois. Au milieu des choses instables, ces choses qui demeurent ne sont-elles pas profondément émouvantes ? Le paysage, aux alentours, était aussi le même : hauts escarpements inhospitaliers, vallons miroitants, et le silence, un silence si réel, si dense, qu'il semblait que l'on aurait pu le palper. John non plus ne devait pas avoir changé... Je l'imaginais, couché sur le côté, comme nous l'avions mis dans son cercueil, avec sa chair seulement un peu plus froide, son visage un peu plus figé dans son expression diabolique, ses paupières plus tirées sur ses yeux de feu. Je ne l'imaginais pas autrement.

Je n'eus pas à chercher sa tombe : j'y allai tout droit, comme si je l'avais quittée la veille. Mais quel ne fut pas mon étonnement quand j'aperçus, gisant à côté, une grande masse sombre semblable de loin à une barque éventrée. Comme il arrive souvent, la mousse recouvrait presque entièrement cette épave, et des herbes pourries sortaient de ses planches disjointes. Que pouvait bien être cela ?... La mer était trop loin pour qu'on pût l'accuser. Je m'approchai davantage et je faillis tomber à la renverse devant le spectacle qui s'offrait à ma vue !

Il ne s'agissait pas d'une barque, mais d'un cercueil ouvert. Dans ce cercueil il y avait un squelette complètement retourné. Les bras et les jambes étaient repliés, le dos arqué dans l'effort suprême qu'il avait fait pour tenter de se libérer de la prison de la mort.

Pendant un moment, je demeurai les yeux clos, sans pensée. J'étais à moitié assommé. Puis reprenant contact avec la réalité, je m'écriai :

– C'était donc vrai !... Dieu, quelles ont été ses souffrances !...

– Nul autre que moi ne sait ce qu'il a souffert, dit une voix près de moi, car mes os sont ses os et ma chair est ce que fut sa chair. Je porte en moi son agonie...

M'étant retourné, je vis, quoi ? Deux yeux fixés sur ma personne ; les yeux de John Mac Corjeag !...

Ils brillaient de leur lumière infernale. Je les revois encore au crépuscule, entre deux croix, pareils à deux boules de charbon enflammées. Je revois John plus vivant que moi s'avancer, tandis que je reculais, défaillant. Je sentais que je pouvais m'évanouir d'une minute à l'autre, et cette pensée me terrorisait. Je bégayais :

– John, ne me poursuis pas, je t'en prie ! Je suis Norbert, ton vieil ami de jeunesse. Ne me reconnais-tu pas ?

Cependant, Mac Corjeag ne me poursuivait pas. Il s'était arrêté au milieu de l'allée dans une attitude triste. Sa tête était inclinée sur son épaule, ses bras pendaient le long de son corps et ses yeux semblaient s'être éteints ; ses cheveux noirs seuls galopaient dans la bise d'octobre.

Quant à moi j'avais atteint la porte du cimetière. Je ne raisonnais pas ma frayeur : j'avais perdu la faculté de raisonner. Une fois sorti de l'enclos, je me mis à courir malgré mon âge et mon malaise. Je trébuchais dans les pierres, je m'essoufflais. Mais rien ne m'aurait arrêté dans ma course.

Lucie, constatant ma mine défaite, me demanda ce qui m'était arrivé.

– Rien, j'ai simplement fait un peu trop d'exercice. Il n'est pas venu ?

Elle ne comprenait pas.

– De qui parlez-vous, grand-père ?

– De personne, de personne. Ne fais pas attention à moi, je suis très fatigué. Je ne dînerai pas ce soir, mais toi descends avec les autres.

Ma petite-fille ne voulut pas me désobéir, mais elle ne resta pas longtemps absente.

Je m'informai du nombre des hôtes du *Vieux-Moulin*, et de leurs qualités.

– Il n'y a que trois hôtes au *Vieux-Moulin*, dit Lucie : deux vieux chasseurs qui étaient fort gais et un jeune homme mélancolique qui, si l'on juge d'après ses vêtements et surtout ses chaussures, est étranger au pays.

Je questionnais Lucie pour me donner une contenance. Peu m'importait de savoir quels étaient les pensionnaires de notre auberge. Je ne voyais que lui, là-bas, près de ce cercueil ouvert, dans le cimetière hanté.

Ayant congédié mon enfant, j'arpentais ma chambre en fumant cigarette sur cigarette, et je murmurais : «Voyons, Norbert, as-tu rêvé, oui ou non ?...» Bien que je susse parfaitement que je n'avais pas rêvé. Ne pouvant me confier à personne, j'avais besoin de me rassurer moi-même. Plus j'essayais de ne pas penser à ce que j'avais vu, plus j'y pensais. Les hypothèses les plus absurdes, les théories les plus osées du spiritisme et de la métempsychose passaient et repassaient en moi.

À deux heures du matin, je tournais encore dans mon âme où j'avais la sensation d'être encagé. Puis, vaincu par la fatigue, je m'arrêtai et m'assis dans un fauteuil. Sur une table, devant moi, se dressait une pile de *Punch*. Le sommeil me saisit brutalement, sommeil de la vie ou sommeil de la mort ? Qu'importait. Je n'avais plus la force de me défendre.

Je rouvris les yeux six heures plus tard. C'était la première fois qu'il m'arrivait de dormir aussi longtemps et de ne pas me rappeler avoir fait de songe.

Un peu plus tard, Lucie m'ayant apporté mon

breakfast, je mangeais tranquillement assis à côté d'elle quand une domestique frappa et me tendit la carte d'un « Monsieur qui désirerait me voir... s'il ne me dérangeait pas trop... »

Je pris le rectangle de papier, je lus et je sentis mon cœur descendre devant ce nom gravé :

JOHN MAC CORJEAG.

Je tombai inanimé.

Revenu à moi, j'appris que j'avais eu la visite de l'aîné des petits-fils de mon défunt ami.

Cela paraîtra invraisemblable, mais ni l'idée qu'un des enfants de Sir Jack Mac Corjeag (dont j'étais d'ailleurs sans nouvelles depuis des années) pût s'appeler John ni l'idée que ledit enfant (que j'avais toute raison de croire en Amérique) pût avoir atteint et même dépassé l'âge de raison et se trouver à Goldloch en même temps que moi, ne m'avait effleuré le cerveau.

Cependant, l'on comprendra peut-être ma frayeur et le trouble qui s'ensuivit lorsque j'affirmai que l'homme vu par moi debout au cimetière était pareil à l'homme couché par moi dans son cercueil et enterré de mes propres mains.

Il me fut dit que John Mac Corjeag, le petit-fils, était venu de Chicago à Goldloch afin de… faire ouvrir le cercueil de son aïeul !

L'enfant avait eu dès son âge tendre la pensée que son grand-père, dont il ignorait cependant et la vie et la mort, avait été enterré vivant !

Parents et docteurs avaient essayé, mais en vain, de réprimer ce qu'ils désignaient sous le nom d'imagination morbide. L'enfant devenu jeune homme répétait toujours : « Grand-père a été enterré vivant. »

Ses années d'études terminées, et son père lui ayant offert un voyage en Europe, il s'était dirigé droit vers l'Écosse.

Ceux de Goldloch qui étaient assez vieux pour se rappeler son grand-père furent pris d'épouvante en le voyant : à vingt-huit ans, il en paraissait trente-huit, âge auquel John Mac Corjeag mourut.

Il fit exhumer la bière de son aïeul et chacun put constater la véracité de ses dires : John Mac Corjeag avait été enterré vivant !…

Le vieillard qui me racontait ces choses s'épongeait le front. Bien qu'il fît très froid ce jour-là, j'ouvris la fenêtre ; moi aussi j'étais en sueur…

Je ne disais rien.

Qu'avais-je à dire ?… Le fait était là : je l'avais enterré vivant ! Il s'était longtemps débattu entre ces planches qui l'étouffèrent. Il avait même tenté de les briser, mais le cercueil était épais, dur et sourd, sourd comme la mort. Alors, épuisé, il avait laissé retomber sa tête contre la paroi de sa prison. Il n'avait plus de forces pour lutter, mais les pensées tournoyaient dans son cerveau comme des papillons ivres. Sur qui sa dernière pensée s'était-elle arrêtée ?… Sur moi sans doute, sur moi qui l'avais aimé et qui l'avais enterré vivant !

Il me semblait voir dans un coin de la chambre *ses yeux* chargés d'un reproche pesant comme les années qui venaient de s'écouler, silencieux comme la voix du néant.

Je ne me trompais pas : Lucie venait d'entrer, et derrière elle : John !

Il approchait lentement, selon son habitude, et bien qu'aveuglé par la flamme de son regard dirigé sur moi, je cherchai avec avidité dans son visage ce qui m'eût permis de croire que ce n'était pas lui…

Mais c'était lui, avec les mêmes traits, la même stature, les mêmes cheveux, les mêmes yeux, et, ô terreur… la même voix que j'avais entendue au cimetière… *la sienne…*

John était maintenant tout près de moi, et je n'arrivais pas à lui tendre la main. J'avais peur du contact de sa chair où battait la vie!…

Il me regardait toujours. Ses prunelles brillaient d'un point minuscule, et autour de ce point se mouvaient des vagues glauques. Si je n'avais jusqu'alors jamais éprouvé la sensation de me noyer dans des yeux, je l'éprouvai ce jour-là.

Un sourire amer relevait largement le coin de sa bouche et mettait ses dents à découvert. L'or de la quatrième molaire, je le remarquai, n'avait pas terni avec le temps.

– Vous ne vous embrassez donc pas? dit Lucie d'un ton fâché.

Je frémis, mais mon courage aiguillonné se raidit. Je donnai à John un baiser tendre.

Le baiser qu'il me rendit était si tiède que j'en fus désappointé.

John tourna ensuite la tête vers Lucie et se mit à la regarder longuement. Je souffris de ce que son regard satanique se fût posé sur les yeux purs de cette jeune fille, mon enfant. Je m'attendais à la voir détourner la tête, apeurée, mais elle se contenta de rougir légèrement et, reprenant ce ton qui n'était pas le sien, à ma surprise désolée, elle dit encore :

– Grand-père, Sir John Mac Corjeag est bien seul ; nous l'emmènerons en France avec nous, n'est-ce pas ?...

– Mais oui, articulai-je péniblement, quelque chose d'essentiel venant de se rompre en moi.

Quelques semaines plus tard, nous étions installés tous les trois dans ma propriété des environs de Paris.

J'avais fait et je continuais à faire un effort acharné pour que, de mon cerveau malade, s'en allât la pensée que John Mac Corjeag avait légué son immortalité, avec ses possibilités immenses et ses risques non moins grands, à son petit-fils et qu'il s'était réincarné en lui. Je me disais qu'en vivant avec ce garçon et en l'observant minutieusement je ne tarderais pas à m'apercevoir que mon imagination m'avait joué un tour des plus déplaisants, comme cela lui était déjà arrivé, et que le John d'aujourd'hui était loin d'être identique au John d'autrefois. Mais la vie en commun ne favorisait pas l'apparition de la petite particularité qui m'eût fait, à mon soulagement, différencier les deux Mac Corjeag, bien au contraire.

Questionnais-je John ? Je m'apercevais qu'à la manière de l'autre, il me répondait plus avec ses yeux qu'avec sa bouche. Son regard, parfois, me disait nettement : « Pourquoi m'interroges-tu ? Ce que tu me demandes tu le sais depuis toujours, alors à quoi bon m'interroger ? »

L'observais-je en train de rire, je voyais, comme dans les yeux de l'autre, se mouvoir dans ses yeux d'étranges formes noires aux gestes désespérés.

L'observais-je en train de méditer, je voyais qu'assis dans la position de l'autre et les orbites vides comme celles d'un aveugle ou d'un mort, il mâchonnait des cheveux qu'il s'était arrachés...

L'observais-je en train de dessiner (car il dessinait !), c'était encore l'autre que je voyais plus que lui.

John, le petit-fils, cessa d'ailleurs tout à fait d'exister pour moi, après que fatigué, les nerfs endoloris, j'eus renoncé à de vaines comparaisons.

J'avais retrouvé mon ami de jeunesse, mais au lieu de me réjouir qu'un tel miracle se fût produit, je le regrettais.

Était-ce parce que Mac Corjeag ne m'accordait plus la même confiance que par le passé, était-ce parce qu'il me témoignait, de toute évidence, une hostilité muette, je me sentais gêné vis-à-vis de lui et je le fuyais. Il prêtait d'ailleurs toute son attention, toute sa sollicitude et... toute sa tendresse à Lucie.

Cet état de choses m'irritait sans m'alarmer toutefois, ma petite-fille opposant à son admirateur une certaine réserve avec une certaine pointe de moquerie enfantine. Je la laissais souvent seule avec John.

Elle s'était mis en tête d'apprendre à peindre et s'était emparée de ce jeune professeur que la Providence lui avait envoyé, croyait-elle. Cette idée de Lucie n'avait pas été sans me contrarier, mais je n'avais pas su m'y opposer. Elle et lui partaient donc en quête de paysages, et je les accompagnais rarement.

Un jour cependant, après les avoir laissés partir, j'eus la fantaisie d'aller à leur recherche.

Je ne fus d'abord pas heureux dans mon rôle de suiveur, et j'étais sur le point d'abandonner la piste que j'avais cru un moment être la bonne, quand je les vis... elle, assise sur une branche et baissant le front, lui, à genoux près d'elle et l'implorant ! Dissimulé derrière un grand tronc d'arbre, j'attendis la réponse de Lucie comme un condamné attend l'arrêt qui décidera de sa vie. Mon agitation était certainement aussi grande que celle du principal intéressé et je pouvais compter les coups qui me martelaient le cœur.

Lucie, qu'allait-elle dire ?

Son silence durait trop longtemps pour se terminer en acceptation. John impatient lui prit la main. J'espérais voir ma petite-fille se lever avec la majesté d'un juge afin de prononcer l'irrévocable ; j'espérais la voir s'enfuir à toutes jambes dans ma direction, sans un mot. Mais Lucie déjoua toutes mes espérances... Elle sauta prestement à terre, se jeta dans les bras de John et l'embrassa avec une telle frénésie que leurs deux corps roulèrent dans l'herbe.

Je crus mourir en assistant à ce spectacle. Mais les épreuves successives de ces derniers temps avaient dû me consolider : je ne perdis pas connaissance, je ne criai pas, je ne dis rien. Je regagnai la maison, voûté, les genoux tremblants, comme si j'étais subitement devenu plus vieux.

Une fois chez moi, je m'enfermai dans ma chambre et, pour la première fois de ma vie, je me mis à sangloter.

Ce qui devait arriver était arrivé. Comment avais-je manqué à ce point de perspicacité, à mon âge ?

C'est qu'au lieu de regarder la situation comme elle était, je l'avais regardée comme je la voulais. Je voulais que Lucie fût encore une enfant ; je voulais que John ne touchât à mon bien, à l'unique consolation qui me restait au monde. Et la volonté de Lucie et la volonté de John s'étaient jouées de la mienne !...

Que me restait-il à faire maintenant ?

Sans doute Mac Corjeag allait-il me demander le soir même la main de Lucie, qu'il tenait déjà étroitement serrée dans la sienne. Eh bien ! la main de ma petite-fille, il ne la tiendrait plus ! J'étais résolu à tout pour empêcher ce malheur.

Ce n'est pas John qui vint d'abord, mais elle ! Tandis qu'elle s'avançait vers moi, je la considérais comme si je ne l'avais jamais vue. Ses yeux brillaient trop, d'une flamme fixe, et le bas de son visage avait une gravité de femme mûre...

– Grand-père, je vous dérange peut-être ? C'est que je désire vous parler... Votre ami et moi nous nous aimons et...

– Tu ne l'épouseras pas ! coupai-je en frappant la table de mon poing.

Lucie fit un pas en arrière, visiblement apeurée.

Elle ne continua pas à parler, elle attendit… Ma fureur redoubla.

– Qu'attends-tu ? criai-je. Je n'ai rien d'autre à te dire. Tu ne l'épouseras pas !

Des larmes se mirent à couler le long de ses joues. Et elle attendait toujours. Je me laissai attendrir.

– Tu veux savoir pourquoi je m'oppose à votre union ? Tu es assez grande maintenant pour apprendre la vérité : mon ami a été fou, j'ai trop connu les malheurs de sa femme pour te laisser recommencer sa vie. Si tu pouvais te douter de ce que fut son martyre, toi-même prierais à l'instant John de s'éloigner de ton chemin !

– Mais John est le petit-fils de votre ami, hasarda-t-elle doucement, et je crois savoir que son père, Sir Jack Mac Corjeag, n'est pas fou.

– Lucie, John Mac Corjeag et Jackie Mac Corjeag sont des êtres tout à fait dissemblables, qui ne peuvent pas être comparés, tandis que celui que tu crois aimer et mon ami ne sont qu'une et même personne !

Un soupir monta des profondeurs de son sein.

Mais ses yeux, au lieu de se dilater dans une expression d'horreur, voire de crainte, se dilatèrent dans une expression de joie!

– Je l'aime, que voulez-vous, dit-elle avec un sourire rompu qui l'enlaidissait, et je sens que rien ne pourra m'arrêter…

On pensera qu'à ces mots rien ne pouvait également arrêter ma colère. Mais ma petite-fille avait l'air dépourvue de raison et l'invectiver eût été provoquer la démente qu'elle était à ce moment.

John l'avait véritablement ensorcelée.

– Grand-père, nous nous aimons, reprit-elle pour la troisième fois (elle avait son idée fixe), et «il» va venir vous trouver. Je l'ai précédé sans l'en avertir… Dois-je le prier de s'abstenir pour ce soir?…

– Non! Je l'attends.

Il était si pâle, lorsqu'il se glissa dans la demi-obscurité de ma chambre, que j'en fus fortement saisi. Il se plaça devant moi et resta immobile et muet, me regardant.

Ses yeux étaient étranges. Ils étaient toujours étranges, mais je ne sais si c'était à cause de la nuit tombante, du drame qui se préparait, je ne sais si c'était un simple effet de mon impressionnabilité : ils me parurent plus étranges que jamais.

Longtemps nous nous regardâmes sans mot dire. Dans notre silence passa et repassa la Mort...

Soudain je détournai la tête. Ce n'était pas une capitulation de ma part. Non, j'étais prêt aux pires extrémités quand il s'agissait de défendre un être qui m'était plus cher que moi-même, sans aucun doute. Je me sentais seulement gêné par ces flammes brûlant si près de mes yeux. John ne changea pas de position. Il était dans la pénombre, mais je vis à la dérobée son profil souligné de lumière, son énorme front de génie avorté, son arcade sourcilière de sorcier, sa lèvre sensuelle et pendante de vieil ecclésiastique et je me dis que c'était ce monstre qui allait se ruer sur ma belle enfant, la dévorer, me la faire disparaître tout entière ! Je ne pus supporter davantage une telle pensée et cette plainte m'échappa :

– Tu l'aimes donc tellement ?...

Il sursauta comme s'il avait été soudainement tiré d'un profond sommeil; cependant à aucun moment il n'avait dormi…

Il se rapprocha de moi et je vis nettement dans ses yeux vaciller la lanterne de folie. Il dit :

– Je l'aime tant que je la tuerai pour qu'elle soit à moi dans le pays des morts, puisque tu ne veux pas me l'accorder dans le pays de vie des vivants. Elle sera mienne, que tu le veuilles ou non, entends-moi : je te la prendrai !

Ces paroles me paralysèrent tout d'abord. Mais, me reprenant aussitôt, je m'élançai, rugissant et prêt à serrer à la gorge celui qui venait de parler. À ce moment, il se produisit quelque chose que je n'ai jamais compris et que d'autres ne comprendront jamais. Et, de nouveau, la stupeur m'arrêta…

Avant même que mes doigts eussent pris contact avec le cou de Mac Corjeag, celui-ci se mit à fondre, oui à fondre ! Je voyais son visage blanchir, ses joues se creuser, ses mains devenir transparentes, ses orbites noircir et ses yeux s'enfoncer loin, très loin…

À la place de John, debout devant moi, était un spectre !

Ne voulant pas être dupe d'une aberration, j'avançai le bras pour toucher à ce que je voyais. Ma main rencontra une chair flasque et froide, et, à la légère pression qu'elle exerça sur cette chair, la masse d'un corps s'écroula sur le plancher.

Quelques minutes s'écoulèrent avant que je fusse en état de sortir de la pièce où John était étendu inerte.

Je cherchai Lucie et la trouvai accoudée à la fenêtre du salon. Elle se retourna brusquement en m'entendant entrer. Elle avait le regard absent…

Je n'avais pas encore prononcé une phrase qu'elle s'assit dans une bergère et murmura :

– C'est curieux, je suis lasse, si lasse…

Puis elle s'affaissa et resta ainsi.

– Tu souffres, mon enfant chérie ? demandai-je.

Elle ne répondit pas.

Pris d'angoisse, je m'agenouillai afin de voir son visage… Lucie était sans connaissance !

Tous les efforts que les gens de ma maison et moi déployâmes pour la ranimer furent vains ; ceux des médecins appelés restèrent également sans résultat.

Lucie était morte ! Concevez-vous cette chose ? Lucie avait cessé de vivre !...

Cette femme en fleur, ce radieux symbole de la vie était devenu un cadavre... insensible aux coups comme aux baisers, à l'amour comme à la haine, insensible à ma douleur !...

John avait dit : « Je te la prendrai. » Et il me l'avait prise ! Il s'était bien vengé.

Mais si sa mort à lui parut naturelle aux hommes de science – qui l'attribuèrent à une embolie –, la mort de Lucie reste, à leurs yeux, aussi inexplicable qu'à mes yeux l'est ma vie.

J'ai gardé le corps de ma petite-fille assez longtemps auprès de moi pour avoir la certitude qu'elle ne serait pas enterrée vivante. Cependant le soir, parfois, quand le vent fait ployer les branches gémissantes de mon jardin, je ne peux m'empêcher de retourner deux et trois fois dans la nuit au cimetière, et de crier très haut, en me penchant très bas :

– Lucie, ma Lucie, réponds-moi !

Lucie m'a répondu. C'était un soir glacé où je revenais de sa tombe. Je la trouvai près de mon lit, sur la chaise où elle venait lire pour moi, le soir. Je la devinai plus que je ne la voyais. C'était son attitude et c'était sa voix.

– Ne va plus là-bas, grand-père, me dit-elle, c'est moi qui viendrai à toi désormais. Ne tremble pas, je n'ai rien d'un fantôme, je suis ta Lucie, plus proche que jamais. Je me suis offerte à la mort pour dominer la vie. John et moi sommes heureux. Nous ne connaissons ni la crainte, ni la haine, ni la faim, ni le froid. Nos âmes délivrées de leurs chaînes se sont mêlées. N'as-tu pas entendu les autres âmes chanter pour notre hyménée ? Elles étaient autour de nous serrées comme les fleurs d'un immense bouquet. Chacune avait sa senteur, et leurs senteurs réunies formaient un parfum victorieux : une symphonie à la gloire de Dieu.

« Que sont auprès de nos amours les plus belles amours de la terre ? Des joyaux dans des boîtes en os, dont seul le Seigneur a la clef.

DU MÊME AUTEUR

Aux Éditions Phébus

En littérature française

Que cherches-tu ?, 2004.

En collaboration avec Pierre Marty

Ici, le chemin se perd, 1985 ; Libretto n° 93, 2002.

Libretto

Dernières parutions

688.	GÉRARD DE CORTANZE	Frida Kahlo, *Le Petit Cerf blessé*
687.	WOLFGANG AMADEUS MOZART	*Voyage à Paris*
686.	JEAN D'ALEMBERT	*Trois Mois à la cour de Frédéric*
685.	ANONYME	*Épopée de Gilgamesh*
684.	G. LENOTRE	*Histoires étranges qui sont arrivées*
683.	MIKHAÏL CHICHKINE	*Dans les pas de Byron et Tolstoï*
682.	LUDWIG VAN BEETHOVEN	*Carnets intimes*
681.	ALEXANDER KENT	*Au nom du roi*
680.	JEAN CHARDIN	*Voyages en Perse*
679.	DANIEL DE ROULET	*Dix petites anarchistes*
678.	KLAUS MANN	*Point de rencontre à l'infini*

677.	JUSTIN McCARTHY	*L'Aventure de Maître François Villon*
676.	WASHINGTON IRVING	*Astoria*
675.	ANDRÉ LAFON	*L'Élève Gilles*
674.	ALFRED E. W. MASON	*Les Quatre Plumes blanches*
673.	ANNEMARIE SCHWARZENBACH	*Les Amis de Bernhard*
672.	HECTOR MATHIS	*K.O.*
671.	BLANDINE DE CAUNES	*L'Involontaire*
670.	WILLIAM GODWIN	*Les Aventures de Caleb Williams*
669.	JOSEPH SHERIDAN LE FANU	*Invitation au crime*
668.	GILES LYTTON STRACHEY	*Ermyntrude et Esmeralda*
667.	MARGUERITE AUDOUX	*Douce lumière*
666.	EDWARD PAGE MITCHELL	*L'Homme le plus doué du monde*
	ÉTIENNE-JEAN DELÉCLUZE	*Le Mécanicien roi*
665.	CAMILLE LEBOULANGER	*Bertram le baladin*
664.	ZIAY-ED-DIN NAKHCHABI /MOHAMMED QADERI	*Contes du perroquet*
663.	MARK TWAIN	*Un Yankee à la cour du roi Arthur*
662.	AHMAD AL-QALYOÛBÎ	*Histoires étranges et merveilleuses*

661. HERMANN BANG *Ida Brandt*

660. CHRISTIAN KRACHT *Imperium*

659. DAVID CALVO *Sous la colline*

658. NICOLAS BOKOV *La Tête de Lénine*

657. DRAGO JANČAR *Cette nuit, je l'ai vue*

656. GUILLERMO ARRIAGA *Mexico, quartier Sud*

655. JACQUES RENOIR *Le Tableau amoureux*

654. ALAIN RENÉ LESAGE *Les Aventures de Beauchesne, capitaine de flibustiers*

653. MARCEL SCHNEIDER *Jours de féerie*

652. KLAUS MANN *Alexandre* suivi de *Ludwig*

651. ALEXANDER KENT *Cœur de chêne*

650. FRANÇOIS TAILLANDIER *Mémoires de Monte-Cristo*

649. EMMANUEL CHASTELLIÈRE *Célestopol*

648. EDWARD BULWER-LYTTON *Les Derniers Jours de Pompéi*

647. LINDSEY DAVIS *Les Saumons d'argent*

646. GEORGES LE FÈVRE *La Croisière jaune*

645. AL-QÂSIM AL-HARÎRÎ *Le Livre des Malins*

644. FÉLIX FÉNÉON *Nouvelles en trois lignes*

643. ÉLIE BERTHET *La Bête du Gévaudan*

642. ANONYME	*Aventures merveilleuses de Huon de Bordeaux*
641. THOMAS EDWARD LAWRENCE	*Les Sept Piliers de la sagesse II*
640. THOMAS EDWARD LAWRENCE	*Les Sept Piliers de la sagesse I*
639. ARTHUR BERNÈDE	*Belphégor*
638. ROBERT MARGERIT	*Les Amants*
637. HOWARD CARTER	*La Fabuleuse Découverte de la tombe de Toutankhamon*
636. AUGUSTE BIARD	*Le Pèlerin de l'Enfer Vert*
635. CHARLES DICKENS	*Voyage en Amérique*
634. SIDO	*Lettres à Colette, 1903-1912*
633. FELDRIK RIVAT	*Le Chrysanthème Noir*
632. SALVADOR DALÍ	*Visages cachés*
631. MORITZ THOMSEN	*La Ferme sur le río* *Esmeraldas*
630. WILLIAM CHAMBERS MORROW	*Le Singe, l'Idiot et Autres Gens*
629. MIRABEAU	*La Morale des sens*
628. ALEXEÏ TOLSTOÏ	*Les Sept Jours où le monde fut pillé*

627. MAURICE LEVEL — *La Malle sanglante* suivi de *Laquelle ?*

626. GEORGE MACDONALD — *La Princesse légère*

625. CHARLEMAGNE ISCHIR DEFONTENAY — *Star ou Ψ de Cassiopée*

624. FELDRIK RIVAT — *La 25e Heure*

623. JACK LONDON/ROBERT LLOYD FISH — *Le Bureau des Assassinats*

622. MEHMED UZUN — *La Poursuite de l'ombre*

621. ROBERT D'ORBIGNY — *Floire et Blanchefleur*

620. THEODOR PLIEVIER — *Berlin*

619. FREDERICK GUSTAVUS BURNABY — *Khiva*

618. JÂMI — *Medjnoûn et Leïla*

617. DRAGO JANČAR — *Aurore boréale*

616. KURBAN SAID — *Ali et Nino*

615. DOROTHY LEIGH SAYERS — *Le Cœur et la Raison*

614. LONGUS — *Daphnis et Chloé*

613. ODILE GODARD — *Les Soupers de Schéhérazade*

612. ALEXANDER KENT — *Un vaisseau de haut bord*

611. MARIE BARTHELET — *Celui-là est mon frère*

610. VICTOR SEGALEN — *Les Immémoriaux*

609. SYLVAIN ROUMETTE — *Lilith dans l'île*

608. ROBERT GRAVES — *Adieu à tout cela*

607. RICHARD LESCLIDE	*La Diligence de Lyon*
606. BERNARD OLLIVIER	*Longue marche, suite et fin*
605. LAURA MANCINELLI	*Les Douze Abbés de Challant*
604. SAADI	*Le Jardin des roses et des fruits*
603. LUIGI DA PORTO	*Roméo et Juliette*
602. NATHANIEL HAWTHORNE	*Contes étranges*
601. MARIE GOUDOT	*Lettre américaine*
600. CHRISTINE ORBAN	*Le Collectionneur*
599. TIMOTHY FINDLEY	*Guerres*
598. ROBERT MARGERIT	*Le Dieu nu*
597. MAXIME GORKI	*Une confession*
596. GUILLAUME APOLLINAIRE	*L'Enchanteur pourrissant*
595. ANONYME	*Le Plaisir après la peine*
594. OLIVIER BELLAMY	*Un hiver avec Schubert*
593. SERGE FILIPPINI	*Rimbaldo*
592. CLAUDE TILLIER	*Mon oncle Benjamin*
591. CHARLES PALLISER	*Mère et fille*
590. CHARLES LE GOFFIC	*Morgane la sirène*
589. WILLIAM MORRIS	*La Source au bout du monde II*
588. COLETTE	*Trois... Six... Neuf...*

587. MIR AMMAN	*Les Aventures des quatre derviches*
586. WILLIAM MORRIS	*La Source au bout du monde I*
585. FABIEN CLAVEL	*Feuillets de cuivre*
584. ANGÉLIQUE VILLENEUVE	*Les Fleurs d'hiver*
583. ANTOINE DE MEAUX	*Le Fleuve guillotine*
582. GUILLERMO ARRIAGA	*Le Bison de la nuit*
581. WILLIAM BECKFORD	*Vathek*
580. ANDRÉS NEUMAN	*Le Voyageur du siècle*
579. DANIEL DEFOE	*Colonel Jack*
578. DRAGO JANČAR	*L'Élève de Joyce*
577. JEAN GALTIER-BOISSIÈRE	*Mon journal dans la Grande Pagaïe*
576. HERBERT ERNEST BATES	*L'Aviateur anglais*
575. WILLIAM TREVOR	*Les Enfants de Dynmouth*
574. GASTON LEROUX	*Un homme dans la nuit*
573. BOOTH TARKINGTON	*La Splendeur des Amberson*
572. ALEXANDRE DUMAS FILS	*La Dame aux camélias*
571. JOHN COWPER POWYS	*Owen Glendower II : Les forêts de Tywyn*
570. RENÉ BOYLESVE	*L'Enfant à la balustrade*
569. ALEXANDER KENT	*Sans relâche*

568.	ANTHONY SATTIN	*Un hiver sur le Nil*
567.	JOHN COWPER POWYS	*Owen Glendower I : Les tours de Mathrafal*
566.	ÉTIENNE GUÉREAU	*La Sonate de l'anarchiste*
565.	MIKE DASH	*L'Archipel des hérétiques*
564.	GEORGE SAND	*Les Beaux Messieurs de Bois-Doré*
563.	MARTIN PROVOST	*Bifteck*
562.	RICHARD E. BYRD	*Seul*
561.	ABU BAKR IBN TUFAYL	*L'Éveillé*
560.	JEAN GALTIER-BOISSIÈRE	*Mon journal dans la Drôle de paix*
559.	ANONYME	*Fierabras*
558.	ROBERT MARGERIT	*Le Château des Bois-Noirs*
557.	THEODOR PLIEVIER	*Stalingrad*
556.	ANONYME	*Neh Manzer, ou les Neuf-loges*
555.	CHRISTIAN CHAVASSIEUX	*L'Affaire des vivants*
554.	PÉTRONE	*Satyricon*
553.	JESSE BROWNER	*Villa du crépuscule*
552.	ALEXANDER KENT	*Le Sabre d'honneur*
551.	R. A. DICK	*Le Fantôme et Mrs Muir*
550.	MOHAMMED AL-MAHDI	*Les Dix Soirées malheureuses*
549.	ROBERT GRAVES	*King Jesus*

548. ELIZABETH GOUDGE	*Les Amants d'Oxford*
547. GILES MILTON	*Les Miscellanées*
546. ALBERT ADÈS & ALBERT JOSIPOVICI	*Le Livre de Goha le Simple*
545. HONORÉ D'URFÉ	*L'Astrée*
544. JACK LONDON	*Croc-Blanc*
543. HERMAN BANG	*Mikaël*
542. ANTONI LIBERA	*Madame*
541. FERDYNAND OSSENDOWSKI	*Esclaves du soleil*
540. KLAUS MANN & STEFAN ZWEIG	*Correspondance 1925-1941*
539. MYRIAM CHIROUSSE	*Miel et Vin*
538. FRANÇOISE CLOAREC	*De père légalement inconnu*
537. DRAGO JANČAR	*Katarina, le paon et le jésuite*
536. JEAN GALTIER-BOISSIÈRE	*Mon journal depuis la Libération*
535. SERGIUSZ PIASECKI	*L'Amant de la Grande Ourse*
534. RAFAEL SABATINI	*Scaramouche*
533. W. WILKIE COLLINS	*Quand la nuit tombe*

532. THOMAS RAIN CROWE — *Ma vie dans les Appalaches*

531. ALEXANDER KENT — *Second ne daigne*

530. DOMINIQUE SCALI — *À la recherche de New Babylon*

529. MAURICE LEBLANC — *Voici des ailes*

528. VALERIE MARTIN — *Mary Reilly*

527. ÉMILE GUIMET — *Huit jours aux Indes*

526. O. HENRY — *Contes du Far West*

525. ODILON REDON — *Il rêve et autres contes*

524. KURBAN SAID — *La Fille de la Corne d'Or*

523. R. BURTON ET H. SPEKE — *Aux sources du Nil*

522. ANNE BRONTË — *La Recluse de Wildfell Hall*

521. HENRY DUPUY-MAZUEL — *Le Miracle des loups*

520. ANONYME — *Le Roman d'Antar*

519. HENRYK SIENKIEWICZ — *Quo vadis ?*

518. ANONYME — *Les Aventures du chevalier Jaufré*

517. GUSTAVE AMIOT — *La Duchesse de Vaneuse*

516. ANONYME — *Les Contes populaires de l'Égypte ancienne*

515. GEORGES ARNAUD — *Les Oreilles sur le dos*

514. JEAN GALTIER-BOISSIÈRE — *Mon journal pendant l'Occupation*

513.	HJALMAR SÖDERBERG	*Docteur Glas*
512.	SOPHIE KOVALEVSKAÏA	*Une nihiliste*
511.	JULIEN BLANC	*Le Temps des hommes*
510.	TADEUSZ BOROWSKI	*Le Monde de pierre*
509.	THEODOR PLIEVIER	*Moscou*
508.	ANONYME	*Absurdités et Paradoxes de Nasr Eddin Hodja*
507.	ALEXANDER KENT	*La Croix de Saint-Georges*
506.	OLIVIER BELLAMY	*Dans la gueule du loup*
505.	JOSEPH-MARIE LO DUCA	*Journal secret de Napoléon Bonaparte*
504.	ERWIN MORTIER	*Psaumes balbutiés*
503.	CÉDRIC GRAS	*Le Cœur et les Confins*
502.	DRAGO JANČAR	*Des bruits dans la tête*
501.	TIMOTHY FINDLEY	*Le Dernier des fous*
500.	NICOLAS CLÉMENT	*Sauf les fleurs*
499.	GUILLERMO ARRIAGA	*Un doux parfum de mort*
498.	ALEXANDER KENT	*Au nom de la liberté*
497.	W. WILKIE COLLINS	*Passion et repentir*
496.	ANTOINE DE MEAUX	*L'Ultime Désert*
495.	FRANCISCO COLOANE	*Naufrages*
494.	ANDRZEJ BOBKOWSKI	*Douce France*
493.	NICOLAS DICKNER	*Nikolski*
492.	BERNARD OLLIVIER	*Sur le chemin des Ducs*

Cet ouvrage
a été reproduit et achevé d'imprimer
en décembre 2020
dans les ateliers de Normandie Roto Impression s.a.s.
61250 Lonrai
N° d'imprimeur : 2004391

Imprimé en France

Dépôt légal : janvier 2021